www.tredition.de

AF153885

Stephan Heider

Schönen Feierabend Angst

Kurzgeschichten Thriller und Nachdenkliches

www.tredition.de

Verlag und Druck: tredition GmbH, Halenreie 40-44, 22359 Hamburg

ISBNPaperback: 978-3-347-28435-7Hardcover: 978-3-347-28436-4e-Book: 978-3-347-28437-1

Ich wünsche Dir die Erkenntnis, Konventionen fallen zu lassen und mit Begeisterung das zu tun, was Dich glücklich macht. Das Ergebnis ist dabei zweitrangig und die Reaktion anderer sogar irrelevant.

Es geht ausschließlich um Dein Vergnügen am schöpferischen Prozess.

Der Weg ist das Ziel und Dein Schaffen muss nur einem gefallen.

Dir selbst!

Stephan Heider im März 2021

Mein "Alter Ego" Streit

Ein flinkes Wort behänd geschrieben. Den Geistesblitz zur Form gebracht. Das Hirn am Thema abgerieben.Der Konter ward nicht gut durchdacht.

Zu nahe ist er mir getreten mit seiner eignen Meinung bloß. Hab ihn nicht darum gebeten und mein Ärger, der wird groß.

Die Wahrheit, die ich klar durchschaue vom Narren so sehr aufgeweicht. In Stein mein Wort ich stetig haue. Kein Nutzen meinen Gegner eicht.

Ein Stech und Hau, ein Hau und Stech. Gewaltig mache ich ihn nieder. Genau wie er, das ist mein Pech, gibt es mir entsprechend wieder.

Nicht nach er gibt und so ich schaue, wie viele Likes mich so beflügeln. Und wie federspreizende Pfaue im Wortduelle wir uns prügeln.

Die Sachlichkeit weicht aus der Rage und mein Ego, das wird blind. Die hohen Daumen, meine Gage. Die Lacher nur von Dummen sind.

Scroll wieder hoch, was war das Thema? Verlor ganz schnell die Relevanz In Vorrang drängt das Ego-Schema Straf ihn jetzt ab mit Arroganz.

Bleib, wie er, mit mir gerecht und ziele zum finalen Hieb .Was seh ich da, mir wird fast schlecht. Ein blöder Spruch, den andrer schrieb.

So geht der Spaß von vorne los Ich schmeiß mich rein und mach ihn an.Der Streit gefällt mir ganz famos, weil ich ja auch nichts bessres kann.

Und die Moral von der Geschichte. Der beste Mann im Netz bist du. Schreib die andern erst zunichte und klappe dann dein Laptop zu.

Gute Nacht

Das Buch seines Vaters

Elmar wurde von der Stille geweckt. Er rieb sich die Augen an dem Licht, das durch den Türspalt drang. "Vater?", rief er leise in den Flur. Auf Socken schlich er die Treppe hinab ins golden beleuchtete Arbeitszimmer seines Vaters. Jede Nacht um 2 wiederholte sich seine Schlafunterbrechung. "Ach Papa", dachte er traurig. So wie gestern, vorgestern und die Tage und Wochen zuvor, legte Elmar die Hand sanft auf die Schulter seines Vaters, um ihn zu wecken. Die Lesebrille war auf das weiße Haupt geschoben und die Stirn in sein Buch gesunken, das jede Nacht gleich halb fertig geschrieben war. In dieser Nacht war die Schulter seines Vaters kalt.

Am kommenden Abend weinte sich Elmar in den Schlaf, um gegen 2 aufzuwachen und wie gewohnt nach seinem Vater zu sehen. Der Platz hinter den warmen Strahlen der Schreibtischleuchte war leer. Elmar sank traurig in das faltige, schwere Leder des Sessels und strich mit den Fingern liebevoll über den dunkelbraunen Einband des unfertigen Buches mit dem Titel " Vom Vater zum Sohn "Als er es aufschlug und bemerkte, dass ein Kapitel dazugekommen war, ließ Elmar verwundert seinen Blick durch den Raum schweifen. Er lächelte und schlief beseelt wieder ein. Nacht für Nacht um 2 sah Elmar nach und das Buch füllte sich langsam mit wunderschönen Zeilen. Der Geist seines verstorbenen Vaters kehrte allabendlich zurück und hatte seine Schreibblockade überwunden. In der Nacht des letzten Kapitels legte sich kurz vor der gewohnten Zeit eine warme Hand auf Elmars Schulter und weckte ihn sanft. "Papa? ", was ist los? fragte er aus den Träumen gerissen und schlaftrunken. Verwirrt sah er sich im Arbeitszimmer um, in dem er am Schreibplatz seines alten Herrn auf dem fertigen Buch eingeschlafen war. Der Füllfederhalter seines Vaters lag noch zwischen seinen Fingern. Das Zimmer war leer. Elmar begriff. Er schrieb das Wort "Ende" auf die letzte Seite, schloss sanft ihr Buch und ging mit dem friedvollen Gefühl zurück ins Bett, dass jetzt alles richtig war.

Seit diesem Tag konnte er endlich wieder durchschlafen.

Der Abschuss

Bis Brandon zum perfekten Schuss kam, hatte er tagelang auf der Lauer gelegen. Die Kunst an der Jagd ist das Warten. Du musst erahnen, wann die Beute wo sein wird, ob sie sich sicher fühlt und dir die verwundbare Flanke so hinhält, dass der Treffer hundertprozentig sitzt. Blattschuss! Du hast meist nur einen winzigen Moment, in dem alles passt und du solltest abdrücken, bevor er verfliegt. Jagdinstinkt ist bares Geld wert, erst recht, wenn du Großwild erlegen willst.

Brandon lag zwischen den Büschen und hatte Miranda im Visier.

Miranda Clark, die aktuell erfolgreichste und hotteste Erscheinung im Show-Business bewegte sich ungezwungen in ihrer Komfortzone. Genau vor ihm, nur getrennt durch die Panoramascheibe ihres Luxusbungalows. Das schusssichere Glas würde ihn nicht aufhalten können. Brandon war Profi und schoss mit einem Kaliber, das alles durchdrang. Nur durchsichtig musste es sein. Das 800 mm Teleobjektiv ruhte sicher auf einem Sandsack. Brandon atmete ruhig und konzentriert, während Miranda sich unbekümmert durch ihr Haus bewegte, ohne bedacht zu haben, dass die Innenbeleuchtung bereits eingeschaltet war. Die perfekten Voraussetzungen, um sie aus der Dämmerung mit dem lichtstarken Objektiv in einem unbedachten Moment abzuschießen. Richtig abkassieren würde Brandon, wenn er sie so erwischt, wie sie noch nie fotografiert wurde. Kein Paparazzi hatte Miranda Clark bisher nackt abgelichtet. Am besten noch in einer Liaison mit einem anderen Mega-Star, den keiner auf dem Zettel hat. Solche Bilder konnte er gleich zu horrenden Preisen an die Yellow Press verscherbeln. Die würden ihm aus der Hand gerissen und waren eigentlich auch Brandons Spezialität. Für den Abschuss der Jungschauspieler Cynthia Miller und Adam Perkins hatte er damals einen sechsstelligen Betrag kassiert. Das ihre Karrieren danach brach lagen, weil beide noch verheiratet waren... drauf geschissen! Skrupel konnte man in dem Geschäft nicht gebrauchen. Aufgepasst. Miranda schlenderte durchs Wohnzimmer, steckte sich die Haare hoch und streifte elegant ihren weißen Kashmir-Pullover ab. Brandon hielt die Luft an und drückte einige Male den Auslöser. Noch nichts Verwertbares. Ein enganliegendes Tanktop schützte sie. Sollte Brandon nur ihren Hintern erwischen oder einen Busenblitzer ablichten, würde er die Bilder zuerst Miranda selbst anbieten. Meistens zahlten die Stars, die ihr makelloses Image erhalten wollten, mehr als die Journallie. Miranda sah umwerfend aus und Brandon mochte die junge Schauspielerin und Sängerin wirklich. Sie hatte diese unschuldige Emma Watson Aura, die bares Geld wert war, wenn er sie knacken könnte. Ein Schauer lief ihm über den Rücken und sorgte für einen kurzen Schüttler seines

Körpers. Miranda merkte auf und sah aus dem Fenster, genau in Brandons Richtung. Hatte sie ihn gesehen? Reflexartig zog er den Kopf ein und vermied trotz seiner Aufregung das Atmen. Sie kniff die Augen, sah ihn genau an und drehte den Kopf von rechts nach links, um besser durch die spiegelnde Scheibe spähen zu können. Verdammte Scheiße, wie konnte sie ihn nur entdeckt haben. Hatte seine winzige Bewegung ihre Aufmerksamkeit geweckt? "Was für ein beschissener Anfängerfehler", dachte Brandon und biss sich auf die Lippen. Miranda stand ihm exakt gegenüber und starrte ihn an. Bis zur Scheibe waren es auf ihrer Seite noch einige Meter und sie begann langsam darauf zu zugehen. "Fuck", schrie er in sich hinein und suchte schon nach einer schäbigen Ausrede, wenn sie gleich die Schiebetür aufriss und ihn anschreien würde. Auffällig hüftschwingend und tänzelnd näherte sie sich dem Fenster. Brandon kapierte. Miranda flirtete ihr eigenes Spiegelbild an, dieses selbstverliebte Miststück. Lasziv wackelte sie mit dem Hintern in ihrem engen schwarzen Overknee-Röckchen und schien laut zu singen. Als sie ihre Haare wieder öffnete und wild von rechts nach links schmiss, war Brandon schon längst wieder mit dem Finger am Abzug. Dauerfeuer, sprich Serienaufnahmen bannten den erotischsten Moment, den Brandon jemals gesehen hatte, auf die digitale Speicherkarte. Er lief fast Amok, als Mirandas Rock fiel und sie ihr Tanktop langzog und schließlich aufriss, wie Magic Mike in seiner Bühnenshow. Hoffentlich hatte er eine neue Speicherkarte eingelegt, die die vielen großen

Raw-Dateien der Vollformatkamera auch schluckte. Sollte Miranda auch noch ihren Shorty und den BH in die Ecke schleudern, wäre das heute sein Hauptgewinn für lange Zeit.

Brandon hatte noch nicht ganz zu Ende gedacht, als er die dunkle Gestalt wahrnahm, die Mirandas Wohnzimmer betrat, sich ihr von hinten schnell näherte und ihr, in dem Moment, in dem sie ihn mit großen Augen in der spiegelnden Scheibe entdeckte, mit einem kurzläufigen Revolver in den Hinterkopf schoss.Miranda fiel zusammen, als hätte man ihr abrupt das Skelett entrissen.Brandons Herz wollte explodieren und er konnte sich nur mit äußerster Disziplin einen gellenden Schrei verkneifen. Wie eine funktionierende Maschine schoss er weiter Fotoserien, obwohl sein Herz schneller raste als der Auslöser der Kamera. Der Fremde legte ein weiteres Mal auf die rhythmisch zuckende Miranda an und jagte ihr eine zweite Kugel ins Gehirn, bevor sie endgültig erschlaffte. Der Schattenmann registrierte, dass die Jalousien der Fenster noch nicht heruntergelassen waren, und sprang zwei hektische Schritte vor zur Scheibe. In diesem Moment erkannte Brandon den Mann und erstarrte zur Salzsäule. Aber nicht, bevor er das Foto seines Lebens und wahrscheinlich das Presse- Foto des Jahres schoss. Hochauflösend und messerscharf lichtete er den, ihm sehr wohl bekannten, Mörder von Miranda Clark deutlich erkennbar ab. Zitternd nestelte er sein Handy hervor, um endlich die Cops zu rufen. Er wählte die landesweite

Notrufnummer, die in diesem Sektor beim LAPD auflief, jedenfalls fast. 9 - 1 - Bevor er die letzte 1 gedrückt hatte, spannte sich der Hahn einer Pistole in Brandons Nacken. "Auflegen. Sofort!" Sein Daumen sprang unmittelbar auf das Icon des roten aufgelegten Hörers in seinem Display. Wer spielt hier noch mit? Verwirrung überkam ihn für ein paar Momente, bevor sein Hirn ratterte.

Ein zweites Mal hatte er Adam Perkins, in einer für ihn sehr unvorteilhaften Situation, fotografiert. Wobei die Affäre mit Cynthia Miller damals ein Scheißdreck war gegen das, was Brandon soeben eingefangen hatte. Perkins, der Loser, hatte vor seinen Augen Miranda Clark, den Shooting Star der Neuzeit eiskalt erschossen. Einfach aus Neid? Völlig egal! Schade um die Kleine, aber Perkins würde auf dem elektrischen Stuhl enden und Brandon würde Millionen für die Fotos bekommen. Und wer hielt ihm jetzt eine Knarre an den Kopf?" Speicherkarte" herrschte ihn eine dominante Frauenstimme an. Widerwillig ließ er sie aus der Kamera schnappen und hielt sie ihr hinter seinem Rücken hin. Die SD-Karte wurde ihm aus der Hand genommen. "Dreh dich um, du skrupelloser Aasgeier". Brandon rollte sich langsam auf den Rücken und schreckte überrascht zusammen, als er Cynthia Miller in die Augen sah. "Adam Perkins und Cynthia Miller führten gemeinsam den Mord an Miranda Clark aus? Welches Motiv hatten sie? überlegte er fieberhaft, ohne den Sinn zu erkennen. "Was soll die Scheiße", rutschte es ihm heraus. Im Bademantel stand plötzlich Miranda Clark hinter Cynthia. Quietschfidel und gleich neben ihrem Cousin Adam Perkins. "Wie hat Dir unser Schauspiel gefallen, Du miese kleine Ratte?" fragte Adam schnippisch. Brandon fiel es wie Schuppen von den Augen und er begriff, dass die Drei ihn in eine Falle gelockt hatten. Vor einer Minute schwamm er im Geld mit seinen Fotos, jetzt hatte er nichts außer seiner Beschämung und seinem dummen Gesichtsausdruck.

"Abgeschossen", hauchte Miranda, machte ein Foto seines Gesichtes und sah dabei unverschämt gut und lebendig aus.

Am darauffolgenden Abend saß Brandon zu Hause und blätterte in der aktuellen Yellow Press, in der nur Fotos zum Gähnen abgedruckt waren. Er musste schmunzeln. Miranda Clark hatte für ihn in Unterwäsche getanzt und er konnte es niemanden erzählen, geschweige denn beweisen. Diese Jagdtrophäe hatte er einzig und allein für sich. In seinem Gedächtnis. Vielleicht sollte er die Branche wechseln.... Nein, das Jagdfieber erwachte bereits wieder.

Die 6 Tode des Miles Miggs

Um mich nur Stille. Mein Name ist Miggs. Tiefste Schwärze. Miles Miggs. Keine Bilder. Nur Gedanken.

Die Hatz hatte ich verloren. Der Mistkerl hat mich in der Winona Street gestellt und diese Elektroschockpistole auf mich gerichtet. So eine mit zwei losschießenden Pfeilen an dünnen Drähten, wie die Bullen sie benutzen. Als ich zur Flucht gezuckt hatte drückte er ab. Durch das halbe Gewerbegebiet hatte er mich vorher gejagt, immer knapp auf meinen Fersen. Ich kannte diesen Lost Place wie meine Westentasche und vermochte es trotzdem nicht, ihn abzuhängen.

Der Elektroschock versteifte meinen Körper in einem schmerzhaften Krampf. Als ich ihn wieder spürte, schob der Fremde mich in einer Schubkarre in einen der alten Gebäudetrakte. An der Stange, die er an die Karre geschweißt hatte, hing kopfüber eine Flasche, die durch einen dünnen Schlauch mit der Vene auf meinem Handrücken verbunden war. Das, was dort oben aus der unetikettierten Flasche tropfte, musste etwas sein, was mich außer Bewegung hielt.

Soweit konnte ich mich erinnern. Aber wie kam ich in diese entsetzliche stumme Schwärze. Ich sah als letztes die Spritze, die er an meinem Venenzugang anlegte und hineindrückte. Dann kam die Dunkelheit, in der ich trieb. So verloren, wie im All. Ich dachte an mein Leben, auf das ich nicht besonders stolz sein konnte. Das Einzige, was ich jemals geliebt hatte und man entschuldigend hätte anführen können unter dem Motto "das war es wert" war meine geliebte Sarah. Die Untaten, die ich begangen hatte, wurden viel zu kurz entlohnt, durch die Liebe der wundervollen Frau, die mir der Krebs vor zwei Jahren so grausam entrissen hatte. Und dann sah ich wieder diesen Schuss, den ich abgab. Der Revolverschuss, der mich jede Nacht in meinen Albträumen heimsuchte. Der Schuss, der alles verändert hatte. "Sarah" Gott vergib mir.

Der Schlag, der mich plötzlich trifft, ist der eines Pferdehufes mitten ins Gesicht. Dann dieses anschwellende Pfeifen. Noch ein Pferdetritt, nur stärker. Mein Kopf brennt und mein Brustkorb will explodieren. Ich werde gewalttätig aus der Stille gesaugt und reiße die Augen auf. Ich begreife in dem Moment, dass dieser Typ gerade mein Herz wieder in Gang gesetzt hatte, wie ich sehe, dass er die Paddles eines Defibrillators von meiner Brust nimmt. Der Schrei, den ich ausstoße, ist stumm. Bilder schießen durch mein Bewusstsein. Völlig wirr sortiert sich mein Leben in neuer unlogischer Reihenfolge vor meinem inneren Auge. Surreal vermischen sich Erlebnisse aus meiner Kindheit mit denen meines unrühmlichen Erwachsenenlebens. Die Bilder verfliegen, je mehr ich zu Bewusstsein und wieder in die

Realität zurückfinde. Die Schmerzen lassen nach, als ich registriere, dass weitere Drähte von den Saugnäpfen auf meiner Brust zu einem Kasten mit Monitor führen, der meinen Herzschlag in einer holprig ausschlagenden Linie anzeigt. Als sich Frequenz und Amplitude gerade in eine gewisse Regelmäßigkeit beruhigen, sehe ich, wie der Fremde erneut eine Spritze aufzieht und sie an den Butterfly anschließt. "Hör auf, warte", stammle ich in Todesangst.

"Zwei Tode noch", knurrt der Fremde mich an, drückt die Spritze durch und bringt mich zum zweiten Mal in dieser Nacht um.

Sein Anblick wischt sich seitlich weg, wie ein gerissener 8mm-Film und ich verlasse das Hier, um wieder ins luftleere Weltall zu gleiten. So weit, so schwarz, so einsam wie man es sich in seinen schlimmsten Vorstellungen über das Jenseits nicht ausmalen kann. Kein lockendes Licht vertrauter Seligkeit. Nur angsteinhämmernde Schwärze. Die Gedanken meines Lebens kehren zurück und wechseln zwischen surrealen Bildern und echten Erinnerungen. Ich sehe meine Mutter, die mir zulächelt. Ich will zu ihr laufen, jedoch fühlt sich mein Körper an, als würde er sich auf Grund des Meeresbodens bewegen wollen. Ich laufe in Zeitlupe auf meine Mutter zu, die plötzlich zu Sarah wird und nach hinten über eine Klippe kippt. Mein Schrei vermag keinen Ton zu erzeugen. Alle vertrauten Freunde stehen mit Cocktailgläsern rechts und links Spalier und unterhalten sich angeregt miteinander, während meine Hilfeschreie ersticken. Ein früherer, sadistischer Chef sticht mit einem spitzen Gegenstand nach mir und fügt mir schmerzhafte Wunden zu, da ich in meiner Trägheit nicht ausweichen kann. Plötzlich habe ich einen Revolver in der Hand und schieße ihm ins Gesicht. Er bricht zusammen, um sogleich wie ein Zombie wieder aufzustehen und erneut auf mich einzuhacken.

250 Joule, 1500 Volt, 25 Ampere: Der Schmerz, der mich durchfährt, ist der einer schädelzertrümmernden Eisenstange, gefolgt von einer Pfählung auf einem Zaunpfosten. Er ist notwendig, um einen Menschen mit Herzkammerflimmern aus der Nimbusebene zurückzuholen. 1x, 2x, 3x unvorstellbar schmerzhafte Schocks, bevor mein Flimmern wieder in einen Sinusrhythmus springt und ich noch einmal zurückkomme. Der Grenzgang meines Peinigers ist riskant, denn er hat mir noch etwas zu sagen. Ich erwache fantasierend aus dem Todesschlaf, es dauert einige Minuten, bis mein überbeanspruchtes Hirn wieder eine klare Wahrnehmung verarbeiten kann.

Der Unbekannte nimmt sich die Zeit und als erstes nach meinem Erwachen und der Normalisierung meines Pulses sehe ich das Blitzen eines metallischen Gegenstands. Der Fremde, der nach wie vor über mir steht und ein Jagdmesser schleift, beobachtet die erneut steil beschleunigende Anzahl meiner Herzschläge. Ich kenne dieses Messer mit der geriffelten

Klinge, dem Griff aus Horn und der eingeritzten einzelnen Kerbe. Es ist meins. Er führt die Messerspitze an meinen Hals und lässt sie über meine Brust rutschen. "Was soll dieses Spielchen, er hat mich soeben 2x reanimiert. Nachdem er mich 2x ins Kammerflimmern gespritzt hatte", denke ich. Mein Hals ist trocken wie die Sahara. Ich verliere das Messer aus meinem Augenwinkel, merke aber durchaus den anschwellenden Schmerz der Haut unter meinem Rippenbogen. Die Klingenspitze drückt meine widerspenstige Haut einige Zentimeter nach innen, bevor diese unter dem Druck aufschnappt und die langsam eindringende Klinge ungehindert hindurch lässt. Der Atem stockt und weicht der Unfassbarkeit, als der Stahl an mein soeben reanimiertes Herz stößt. Die Nervenbahnen meiner Herzwand weisen den Fremden energisch darauf hin, dass die Klingenspitze sie berührt. Der Monitor spielt geradezu verrückt. Wenige Millimeter trennen mich vor dem unausweichlichen Tod, wenn der Kerl das Messer nur weiterschiebt. Er tut es nicht, sondern verharrt in der Bewegung. Adrenalin und der Tropf schalten meinen Schmerz aus und ich weiß, dass ich nicht die kleinste Bewegung machen darf. Sonst töte ich mich selbst.

Dann sieht der Fremde mich eiskalt an und fängt leise an zu sprechen, so dass er kaum den dröhnenden Brummton in meinen Ohren übertönt.

"Wie zäh diese Haut ist. Bevor sie reißt und das Messer ungehindert ins Fleisch eindringen kann, ist dieser Widerstand zu überwinden. Es gehört etwas Glück dazu, dass das Herz nicht gleich durchstoßen wird, wenn der Widerstand plötzlich nachgibt. So weit, so gut. Ich spüre deine zuckenden Herzschläge am Griff meines Messers. Eine feige Kugel hätte das Ganze natürlich schneller geklärt. So eine, wie du sie mir verpasst hast. Mein Name ist Miggs. Miles Miggs".Die Worte legen sich um meinen Hals, wie eine Schlinge, die sich zuzieht. Meine Gedanken überschlagen sich, ohne logisch Verwertbares auszuspucken. Meine Luftröhre verengt sich, als mir klar wird, wer mich hier auf dem provisorischen OP-Tisch fixiert hat. Völlig außer Stande, mich zu wehren, schaue ich jenem Mann in die Augen, dem ich vor 7 Jahren alles genommen hatte. Seinen Verstand, seine Frau, seinen Namen und am Ende auch sein Leben. Das hatte ich zumindest bis gerade eben angenommenen, da ich ihm mit einem Revolver ins Jochbein geschossen hatte, um ihn zu töten und seine Rolle einzunehmen. Die Liebe zu Sarah war echt, schon seit unserer gemeinsamen Schulzeit hatte ich sie geliebt. Doch trotz all meiner Versuche erwiderte sie meine Gefühle nicht. Sie liebte diesen verdammten Miles Miggs. Als ich vorgeladen wurde und mich dem Vorwurf des Stalking ausgesetzt sah, verstand ich die Welt nicht mehr. Ich meinte es doch so viel besser mit Sarah als Fucking Miles Miggs. So musste er verschwinden, und zwar spurlos. Ich lauerte Sarahs Traummann eines Tages auf und schoss ihm in seine verdammte Fresse. Dann lud ich das Arschloch, dass mir meine Sarah vorenthielt in meinen Wagen und ließ seine Leiche am Ufer der "Little Glades" liegen, wo ihn die Alligatoren ein für alle Mal verschwinden lassen sollten. Natürlich konnte ich weiterhin nur parallel zu Sarah leben und nicht mit ihr zusammen sein. Aber es gab keinen Mann mehr zwischen uns und so lebte ich in ihrem Keller, ihrem Schrank, ihrem Gartenhaus, bis aus ihrer Angst und ihrem Kummer Krebs wurde und sie starb.

Miles Antlitz war nicht mehr derselbe. Das Gesicht verbraucht mit der sternförmigen Narbe auf seiner linken Wange und dem Blick aus trüben Augen, links erloschen und nicht mehr in einer Achse blickend. Mein Revolverschuss hatte dieses Gesicht zerstört. Dann näherte sich sein Gesicht bis auf wenige Zentimeter dem meinen und er sprach wieder sehr leise.

"Drei Mal musste ich reanimiert werden, nachdem mich ein Ranger rein zufällig gefunden hatte. Ich verdanke Dir drei Tode, um danach Jahre ohne Gedächtnis mein altes Leben zu erforschen. Und als ich mich endlich erinnern konnte, war meine geliebte Sarah tot. Gestorben am Kummer über mein Verschwinden und an der Angst vor dir".

Der echte Miles führt die bewegungseingeschränkte rechte Hand des falschen Miles an den Griff des Jagdmessers, das in seiner Brust steckt und seine Herzwand bedrohlich berührt. Dann stellt er den Monitor des EKG-Gerätes auf seinen Bauch. Das

Gerät wippt auf und ab, ausgelöst durch seine hektische Atmung. Schockiert starrt er aus dem Augenwinkel auf seine nervöse Herzkurve.

Als letztes trägt der echte Miles leitendes Gel auf die Paddles des klinischen Schock-Apparats auf und drückt sie auf die Brust des falschen Miles Miggs. Dann lädt er auf 400 und geht. Der zunehmend pfeifende Lade-Ton begleitet ihn zur Tür des alten Gemäuers. Mit dem Zuschlagen der Tür hinter sich schießt auch der Defi seinen Stromstoß ab und reißt Miles Oberkörper in das Messer, was in ihm steckt. Sofern er es nicht vorher aus seiner Brust gezogen hat, um Miles Miggs sechstem Tod zu entgehen.

Die Tristesse des Triple Tango

(für Kerstin)

"Ja, Herr im Himmel, kann man vielleicht mal in Ruhe gebären". Triple Tango setzte gerade konzentriert einen Hybriden aus seinem Darm ab. Das bedurfte etwas Zeit in absoluter Ruhe. Der Mind - Connector gab ihm weder das Eine noch das Andere. Triple hatte vergessen, ihn stumm zu schalten.

"Triple Tango, es wird ein Connecting mit Tango erwünscht". "Triple Tango, es wird ein Connecting mit Tango erwünscht", schnurrte es im Mind in der Tonlage eines elektrischen Rasierapparates. Die quellenlose Beleuchtung seines Mindrooms pumpte zwischen rot und kaltem weiß.

Triple Tango kniff den fast fertigen Hybriden ab, hüllte ihn ordnungsgemäß in einen sterilen Hybridbeutel und warf ihn achtlos ins Vakuum. Er aktivierte erschöpft und genervt den Mind-Button durch seine Aufmerksamkeit und nahm das Gespräch an.

"Boah Oppa, watt iss?"

"Hey Triple, du alte i-Flat" (Abfälliger Nickname für einen konservativen Techniknostalgiker, angelehnt an eine namensgebende Firma, die als die größte Nebelkerze der i-Epoche galt, da sie seiner Zeit die Mind-Technologie verschlief, stattdessen auf Hardware-Endgeräte gesetzt hatte und innerhalb von 6 Monaten vom weltweit wertvollsten Unternehmen zum Pleitegeier abschmierte).

"Oppa, watt gibbet? "

"Junge, kommst Du zu meinem Geburtstag? ," fragte Tango. "Wir wollen richtig schön einen drauf machen!"

" Oppa, Du machst keinen mehr drauf, hör auf mit dem Kappes. Du bist seit 20 Jahren tot, also geh mir nicht auf die Nüsse. Ich hatte fast meinen Hybriden fertig, ich bin heute 60 geworden und Du nervst ernsthaft mit deinem 180sten Geburtstag. Echt jetzt?"

Triple Tangos Großvater hatte sich vor seinem Tod für ein grandios gescheitertes Nanocomputerexperiment eingeschrieben, um seinen Hirninhalt für die Nachwelt zu konservieren. Die alte Zeit in Form von Erinnerungen für die kommenden Generationen zu erhalten, war ein grandioser Gedanke. Leider hatte man unterschätzt, wie schwer es war, neben den nackten Erinnerungen auch noch eine Art Geist oder Charisma des Probanden auf das Mind-Modul zu transferieren. Möglicherweise, weil diese menschlichen Besonderheiten irgendwo anders verwurzelt sind? Jedenfalls hatten sie die Stelle, wo sich die Seele versteckt, bis heute nicht gefunden. Das Projekt wurde nach 400 Versuchen ersatzlos gestrichen. Das Problem war, was sollte man tun mit den 400 Lebenserinnerungen, die auf den vergänglichen Bio-Modulen nur einige Zeit zwischengespeichert werden konnten. Ins Vakuum werfen? Da spielte plötzlich die Ethik eine Rolle und so kamen sie auf die Erben.

Nachdem sein Vater Double Tango ordnungsgemäß mit 116 das Zeitliche gesegnet hatte, stand Triple vor vier Jahren vor der Entscheidung, was mit seinem Opa geschehen sollte. Entweder mit Double unwiederbringlich sterben oder aus Doubles Mindback extrahiert und bei ihm selbst implantiert werden.

"Ich übernehme ihn, dass kann lustig werden", war der dümmste Satz, den Triple je über seine Lippen hat kommen lassen.

Ein Sohn pro Mann und das erst ab dem 60'sten Lebensjahr war von den Behörden zugelassen. Die Zellmasse kam mit der Geburtstagskarte der Regierung. Man konnte also nicht behaupten, dass der Sechzigste nur irgendein Geburtstag gewesen wäre. Sie hatten die zweifelhafte Hybridtechnik erfunden, um den Genpool zu erhalten und der Virusmutante dabei möglichst wenig Angriffsfläche zu lassen. Für eine bessere Zeit danach. Die Opferzahl, die das Virus der Menschheit bis dato abgefordert hatte, war unerträglich hoch und gesellschaftsverändernd.

Der Gedanke daran, wie Quattro Tango auf die Welt kommen sollte, war nicht sonderlich appetitlich, aber der Zweck heiligt die Mittel und hinterher

würde nichts mehr an den Jabba-esken Säugling erinnern. Schließlich ist mit Triple Tango aus einem dicken Haufen auch ein anständiger Mensch geworden. Wie es jedoch jemals wieder bessere Zeiten geben sollte, war allen ein Rätsel.

Durch Opas Gequatsche musste Triple allerdings
morgen erst nochmal ein Mindset ejakulieren, es mit
diesem ekelhaften Zellbrei vermischen und in seinem
zuvor entleerten Verdauungstrakt 72 Stunden austra-
gen, ohne dazwischen etwas zu essen.

Wirklich romantisch.

Hätte dieser verdammte Virus vor 125 Jahren
nicht alle Frauen, Mädchen und deren Genome da-
hingemeuchelt und vom Planeten radiert, was wäre
die Welt doch noch schön.

Triple riss sich am Riemen.

"Also Oppa, Tschuldigung. Happy Birthday, altes
Haus, wie isset?

" Danke Junge, allet juut", erwiderte Tango. "Tut
mir leid, dass ich dir die Geburt vermasselt habe".

Seine Worte waren Hülsen und irgendwie tat er
Triple im Rahmen seiner begrenzten, emotionalen
Möglichkeiten leid, obwohl er genau wusste, dass
sein Opa nichts weiter mehr als das war, was man zur

i-Zeit Speicherplatz nannte. 160 Jahre Erinnerung ohne eine einzige Emotion dazu. Als es Triple keine 3 Wochen nach der Implantation klar wurde, gab es kein Zurück mehr. Allzu oft ließ er seine Verbitterung an seinem Großvater aus. Dieser konnte Triple zwar aus seinem Mindback mit seiner Lebenserinnerung amüsieren, es gelang ihm aber nicht, die Erinnerungen mit Leben, in Form von Freude, Trauer, Leidenschaft, Wut oder auch Angst und Hoffnung zu füllen.

Dass es in der i-Zeit vor dieser Virus-Tristesse ein besonderes Lebensgefühl gegeben haben muss, spürte Triple-Tango mit jeder Faser. Er selbst hatte in seinem Leben nur diese seichte Zuneigung zu seinem Vater empfunden. Nicht intensiv, aber immerhin so, dass er ihm nichts zu leide getan hätte. Darüber hinaus hatten die Emotionen aber mit den Frauen ebenfalls den Planeten verlassen.

Wenn er sich die alten Bilder und Szenen aus Opas Mind aufrief, sah Triple aber etwas anderes. Die glücklichen Gesichter der jungen Familie. Die zärtlichen Berührungen beim Toben auf der Frühlingswiese. Wie seine junge Großmutter lächelnd den Kopf zur Seite neigte, wenn sie Opa ansah. Wie die Beiden ihren Jungen zwischen sich an der Hand hielten. Ihn mit gemeinsamen Schwung hochschleuderten, so dass die Glückstränen vor lauter Jauchzen und Lachen über seine Wangen rannen. Er ihnen in den Arm sprang, wie in einen beschützenden Hafen.

Am schlimmsten war es für Triple, wenn Opa dazu plapperte. Unfähig das eigentlich Offensichtliche der Bilder zu beschreiben. Die Liebe. Opa teilte 25 Lebensjahre mit einer der letzten Frauen des Planeten, bevor sie im Kindbett am Virus starb. Er hatte sie geküsst, sie geliebt, mit ihr geschlafen und eines der letzten natürlichen Kinder gezeugt. Er war Teil der Epoche der menschlichen Beziehungen und des sozialen Miteinanders in Familien und vermochte nicht, ihm zu erklären, wie er es empfand. Was er genau dabei gespürt hat. Es machte Triple Tango rasend, denn er wusste, dass er nie erfahren würde, wie die Erfüllung der größtmöglichen aller Sehnsüchte sich anfühlte. Ihm wurde klar, dass sein Leben eigentlich genau so war, wie seine Geburt.

Schlicht und ergreifend nur ein Haufen Scheiße.

Glückes Dämon

Der Tag der Hochzeit:

Es tauchte an ihrem glücklichsten Tag zum ersten Mal aus ihm auf und hinterließ zunächst nur eine bierschale, hässliche Dämpfung ihres Wohlbefindens, die sich so schnell wieder verzog, wie ihr zuckender Mundwinkel. Sein pulsierendes Kiefergelenk bearbeitete die aufrollenden Wutwellen noch die ganze Nacht, um die Eruption niederzuringen. Er liebte sie doch. Aber er hasste sie auch. Fast so sehr, wie sich selbst. Das es eskalieren würde, war nur eine Frage der Zeit. Die Zündschnur glimmte und war kurz vor dem Entfachen.

Der Tag des Kennenlernens:

Der Supermarkt war pressvoll und Becki hatte es eilig ihre Kekse zu der Kasse zu schaffen, die gerade zusätzlich öffnete. Hinter dem Warenregalende rauschte sie mit voller Wucht in diesen Matthew McConaughey Doppelgänger, dem laut fluchend seine Lebensmittel in hohem Bogen aus den Händen flogen. "Caramba", sagte sie nicht sehr geistreich in Richtung des jungen Mannes, der kopfüber gebeugt seinen Kram grummelnd auflas. Er kam hoch und warf seine Locken nach hinten. Er sah sie an, seine Mundwinkel hoben sich und durch die Katalog - Zahnreihen entfuhr ihm ein unwiderstehliches "Caracho".In Becki schlug die Sehnsucht ein, wie ein Fallbeil. In den Armen dieses, leger in Blue Jeans und weißem Oberhemd bekleideten und nach "Sun Men" duftenden Mannes mit den unfassbar attraktiven Zügen, zu versinken, wanderte ad-hoc von 0 auf 1 ihrer Wunschliste.Sie zupfte wie ein Schulmädchen an ihrem kurzen Sommerkleid, als sie sich für ihre forsche Gangart im Vorkassenbereich entschuldigte. "Ist etwas zu Bruch gegangen? es tut mir leid!" Rotwängig musterte sie sein atemberaubendes Lächeln mit den sexy Grübchen. Er schwieg und genoss ihre Unsicherheit. Ihre Augen wanderten verlegen zwischen Boden und seinem Gesicht hin und her, bevor er sie erlöste." Nein, alles in Ordnung. Kein Problem. Wie heißt du? Die Frage traf sie wie ein Hieb in die Magengrube." Ähh Becki, Rebecca, also Becki... sagen alle" Sie hätte sich am liebsten selbst geohrfeigt für ihre dämliche Antwort. "Hi Becki, ich bin Marvin... Marv sagen alle". Er lächelte in einer verständnisvollen Art, die ihr half, wieder Fuß in der Situation zu fassen. " Marv also, hi" Ihr Blick hielt seinem stand. Knapp eine Stunde später wälzten sie sich wild in seinem Appartement. Von ihren Körpern berauscht, wie hungrige Junkies.

Die Wochen und Monate der Glückseligkeit vergingen, alles schien perfekt. Diese zwei Menschen fanden einander, weil sie füreinander bestimmt waren. Beckis Freundeskreis liebte Marv ab dem ersten Moment. Obwohl niemand ihn kannte oder ihn je zuvor gesehen hatte, eroberte er alle Herzen im Sturm mit seiner souveränen, liebevollen Art mit Menschen umzugehen. Selbst Charlene, Beckis beste und kritische Freundin, die alle Liebesanwärter Beckis für unwürdig hielt, erlag Marvs Charme. Nicht zuletzt, weil er verstand allen Frauen das Gefühl zu geben, begehrenswert zu sein. Vielleicht unbewusst, vielleicht berechnend.

Als der Tag ihrer Hochzeit kam und Marv Trauzeugin Charlene einen tiefen Blick in ihre Augen schenkte, fühlte Becki ganz kurz und zum ersten Mal wieder ihre verhasste Unsicherheit. Ihr Mundwinkel zuckte, als ihr entfuhr: Na, hast Du denn auch die Richtige geheiratet? In Marv rollte Unverständnis auf. Immer mal wieder warf Becki ihm Interesse an anderen Frauen vor. Es machte ihn wütend, weil er sie liebte. Ihre unbegründete und teilweise konstruierte Eifersucht war das Einzige, was er an seiner perfekten Frau hasste.

Die Hochzeitsnacht:

Die erste Ohrfeige ihrer Ehe kam unverhofft und traf beide wie der Blitz. Marv, weil er nicht damit gerechnet hatte und Becki, weil es ihr schon wieder passiert war. Nie wieder wollte sie Gewalt in ihrem Leben Raum geben. Sie hatte gedacht, mit Marv würde alles anders. So viele Schläge. Alle ihrer Freunde vor Marv waren gleich und Schläge wurden Normalität in ihren Beziehungen. Immer wieder zog sie die Reißleine und verließ einen Freund nach dem anderen.

Bis sie Marv traf, schien sie unfähig, einen passenden Partner zu finden. Bei ihm hätte Becki mit allem gerechnet, aber nicht, dass Schläge eine Rolle spielen würden. Dazu war er viel zu perfekt. So gut. So verständnisvoll. So nett mit allen. Und genau deshalb hatte er auch eins in die Fresse verdient. Dieser elende Blender, der ihr Liebe vorheuchelte und eigentlich nur Charlene vögeln wollte. Endlich hatte sie ihn durchschaut und das am Tag ihrer Hochzeit. Kaum zu Hause schlug sie in ihrer Hochzeitsnacht cholerisch auf ihn ein. Ihre hart erarbeiteten Therapieerfolge brachen weg wie die Enden eines reifen Gletschers. 14 Monate hatte sie keinen Gewaltausbruch mehr gehabt.

Ähnlich wie Marv. Der wegen Totschlag im Affekt Verurteilte hatte nach seiner Haft versucht die vielen Gewalteskapaden hinter sich zu lassen und in einem anderen Bundesstaat neu anzufangen. Er hatte die Pflicht- Therapie im Knast durchgezogen. Und jetzt war er schon wieder kurz davor auszurasten. So wie damals, als er in einem verheerenden Anfall blinder Wut seine damalige Freundin Erica erschlug.

Der Tag danach:

Wie er und Becki gestern Nacht in den Schlaf gekommen waren, verbarg sich in einer schwarzen Gedächtnislücke. Er war auf der Couch aufgewacht neben der ausgelaufenen Flasche Scotch. Marvs Schädel brummte und wies einige Blessuren von Beckis

Schlägen auf. Er hatte furchtbare Angst vor dem, was er vorfinden würde, als er vorsichtig einen Blick ins völlig verwüstete Schlafzimmer warf. Seine Frau lag regungslos im Bett, ihr Körper vollkommen bedeckt von einer wilden Decken- und Kissenformation.

"Becki?" presste Marv panisch hervor. Die Fingergelenke seiner rechten Hand schmerzten höllisch. Obwohl sein Unterbewusstsein Marv eindringlich riet, besser woanders zu sein, bewegte er sich langsam in Richtung Bett, immer wieder Beckis Namen rufend. Vorsichtig beugte er sich über sie und zog Decken und Kissen von ihrem blaugrünen Körper. Sie regte sich nicht und er vernahm auch keine Atembewegung. Becki lag nackt auf ihrer rechten Seite, ihr Kopf war nach unten in die Kissen gedreht. Ihm wurde schlecht und sein Pulsschlag verdoppelte sich. Behutsam fasste er an Beckis Schulter und drehte ihren Körper auf den Rücken. Ihr Gesicht rollte herum und war ihm jetzt zugewandt, aber größtenteils von ihren wildzerzausten, braunen Haaren bedeckt. Der sichtbare Rest war blutverkrustet. Marv begann zu weinen und strich Beckis Haare aus ihrem Gesicht. Ein Auge war völlig zugeschwollen. Urplötzlich schlug Becki das zweite Auge auf und starrte Marv an. Irgendetwas huschte seitlich an Marvs Hals entlang.

Ihm fiel ein Stein vom Herzen, dass Becki noch lebte. Ihr Anblick verschwamm und ihm wurde schwindelig. Seine Tränen, die auf Becki tropften, färbten sich rot und wurden zu rhythmischen Spritzern im Gleichklang mit seinem Puls. Die, sich rot verfärbende Becki zuckte mit den Mundwinkeln und wedelte mit seinem aufgeklappten Rasiermesser vor Marvs trüb werdenden Augen. Mit der Erkenntnis, dass Becki ihm soeben die Halsschlagader aufgeschlitzt hatte, brach Marv auf Becki zusammen.

Schweißgebadet und zu Tode erschrocken wachte Marvin durch seinen eigenen Schrei abrupt auf und tastete seinen Hals ab. Er saß auf dem Bett seiner Zelle, in der die letzte Nacht seiner Haftstrafe vorbei war. Der Entlassungsmorgen war gekommenen und wie jede Nacht hatte Erica ihn in seinen Träumen heimgesucht. Auch wenn er vor dem Gesetz seine Schuld heute abgegolten hatte, war seine Buße für das, was er ihr angetan hatte, noch längst nicht vorbei.

Mona und Samuel

Die helle Morgensonne, die noch tief auf der anderen Seite des Feldes stand, schaltete sich an jedem Baum, an dem sie vorbeilief, kurz für ihre geblendeten Augen aus. Mona hatte den jungen Mann zuerst gar nicht gesehen und erschrak, als er hinter der dicken Pappel plötzlich, wie aus dem nichts auftauchte.

"Meine Güte hast du mich erschreckt. Wo kommst du denn plötzlich her", patze Mona ihn an.

"Entschuldige. Das war nicht meine Absicht", antwortete der junge Mann, der in Monas Alter zu sein schien.

„Ich mache nur eine kleine Pause hier und warte auf meinen kleinen Bruder", erklärte er.

„Auf deinen kleinen Bruder? Aha! Mitten an der Landstraße". Mona war misstrauisch.

„Ja genau. Wir treffen uns jeden Samstag zur gleichen Zeit hier. Ich heiße übrigens Samuel." Der gutaussehende Schlaks streckte ihr lächelnd die Hand hin.

„Mona!" Nach leichtem zögern nahm sie das Angebot an, schüttelte Samuels Hand und nickte freundlich.

„Wieso trefft ihr euch denn nicht zu Hause?", wollte Mona wissen.

„Das ist eine relativ lange Geschichte. Wir reden nicht miteinander. Ich habe ihn sehr enttäuscht und er ist echt ziemlich sauer auf mich".

Bevor Mona nachhaken konnte, kam ein Fahrrad über den Feldweg auf die beiden zu.

„Da ist er schon. Wäre schön, wenn du dich zurückhältst. Auch wenn dir unser Treffen vielleicht komisch erscheint", bat Samuel.

„Okayyy", antwortete Mona eher fragend und ging einige Schritte zurück, um die Brüder nicht zu stören.

Es kam Mona mehr als merkwürdig vor, wie die Brüder sich verhielten. Nachdem er sein Rad abgestellt hatte, ging der Bruder auf den Baum zu und stellte sich schweigend neben Samuel. Samuel schwieg ebenfalls. Er lief langsam um seinen Bruder herum, blieb ihm gegenüberstehen und sah ihn nur an. Nach 5 Minuten beendete der Bruder die merkwürdige Situation, indem er kurz nickte, wortlos auf sein Fahrrad stieg und verschwand, so wie er gekommen war.

„Was war das denn? fragte Mona kopfschüttelnd.

„Ich habe ihn ziemlich im Stich gelassen. Aber es wird langsam besser", versuchte Samuel zu erklären.

Mona verstand nicht wirklich, entschloss sich aber die Geschichte zu akzeptieren, ohne Samuel mit weiteren Fragen zu quälen.

„Aber eines musst Du mir erklären. Dein Bruder ist doch mindestens 10 Jahre älter als du. Meintest du „kleiner Buder", weil er körperlich kleiner ist, als du?

„Ja Mona, so könnte man es vielleicht sagen", sinnierte Samuel.

Mona war kein Stück schlauer und hatte langsam genug von seinen merkwürdigen Antworten.

„Weißt du was, Samuel. Vielleicht sieht man sich ja mal wieder. Ich wünsche Dir, dass sich die Geschichte mit deinem Bruder wieder einrenkt.

Ich werde mal meinen Spaziergang fortsetzen. Mach`s gut! Mona setzte zum Gehen an.

„Das glaube ich kaum, Mona". Samuels Antwort machte ihr Angst.

„Was meinst du mit -Das glaube ich kaum-?", fragte sie verunsichert.

Wollte er ihr etwas antun?

Samuel nahm ihre Hand und sah sie mit einem Blick an, den man am besten mit Traurigkeit beschreiben konnte. Die Furcht kroch in Mona hoch, wie eisige Winterkälte.

Samuel drehte Mona um und wies auf einen anfahrenden Autokonvoi, der nacheinander auf dem Grünstreifen der Landstraße anhielt. Mona erkannte die meisten Autos genauso, wie die austeigenden Personen. Es waren ihre Familie und Freunde, die mit betretenen Minen auf sie zukamen.

„Mama, Papa? Was macht ihr denn hier?

Mona bekam keine Antwort. Die Gruppe war in schwarz gekleidet und ging schweigend an Mona und Samuel vorbei. Monas Vater stützte ihre von Weinkrämpfen geschüttelte Mutter.

Mona schrie sie an: „Was ist mit euch? Redet doch mit mir!"

Vor dem nächsten Baum blieb die Gruppe stehen. Seine Rinde war großflächig und frisch abgeschält.

Mona fing an zu weinen und wandte sich fragend zu Samuel um. Er war verschwunden. Dann sah sie es. Das kleine Kreuz am Fuße des alten Baums. Das kleine Kreuz mit der Aufschrift

„In Erinnerung an Samuel Schneider, gestorben am 24. August 2008 durch einen tragischen Motorradunfall. In ewiger Liebe, Dein kleiner Bruder.

Mona gefror der Atem. Ihr Blick schnellte zurück zu ihrer Mutter, die verzweifelt mit blanken Fäusten an den Baum mit der verletzten Rinde schlug und schrie „Mooona...waaaruum?"

Para

(für Ute)

Er hatte sich zu Hause ordnungsgemäß zum Sport verabschiedet und wusste, dass sein „Rendezvous" gleich hier vorbeikommen würde, so wie jeden Morgen. Hinter einer alten Buche stellte er seine Tasche ins gefallene Laub und öffnete sie. Das Ding nahm er raus und lehnte es aufrecht an den mächtigen Baum. Den Rest, den er brauchen würde, hatte er am Mann. Dann wartete er.

10 Jahre zuvor:

Die unbeholfene Attacke des Trunkenbolds parierte Jens mühelos mit seinem selbst entwickelten "Schoko-Schamatzu". Den Kampfkunst-Konter hatte er rein zufällig bei einem früheren Angriff entwickelt und später perfektioniert. Damals rutschte er im falschen, eigentlich im richtigen Moment auf einer versehentlich fallengelassenen Kugel Schokoladeneis aus und wich so einer einfliegenden Faust aus. Seine eigene, um Gleichgewicht ringende, rechte Handkante erwischte das Kinn seines überraschten Gegners und sorgte für ein saftiges "Schamatz" aus dessen, sich verschiebenden Kiefern. Gefolgt von einem langgezogenen "Uuuuuu" des überraschten Publikums.Mats, bester Freund, Halbbruder und intellektuelles Ende des ungleichen Rauf-Duos, gab ihm aufgrund seiner affenartig langen Arme mit den viel zu großen Pranken den Spitznamen "Meine Keule".

Mats hatte eine ganz erstaunliche Entwicklung durchgemacht seit dem Tag damals. Der Tag vor 4 Jahren. Aus dem pupillenflimmernden, kieksenden Kind, das bei der geringsten Abweichung der Tagesroutinen zu hysterischen Schreikrämpfen tendierte, war ein frecher Teenager geworden. Unheimlich smart verstand er es, Leute zu provozieren und sich Ärger einzuhandeln, den Jens dann wieder ausbügeln musste. Der zurückhaltende und eher sanft-stoische Schlaks boxte für seine 16 Jahre wie ein Jungprofi, obwohl er es nie in einer Boxschule gelernt hatte. Das Jugendheim war Schule genug. Es machte Jens weniger und Mats mehr offensiv. Den Trunkenbold hatte Jens fair ausgeknockt. Ein versteckter Schlüsselbund in der Faust und ähnliche Nickeligkeiten waren ihm fremd. Das war die Art seines Stiefvaters, so schlug der cholerische Taugenichts, der eine Arbeit nie länger als einen Sommer hatte, vorzugsweise seine Frau. Heimtückisch und aus dem Nichts. Einfach, weil das Stück Scheiße mit sich selbst nicht klarkam. Jens schaute zu, solange er musste. Mit 12 Jahren und 11 Monaten musste er das nicht mehr. Als sein Stiefvater nach 10 Wochen die Kieferklinik verlassen konnte, war er auf einem Ohr irreversibel taub und trug ein Gebiss. Der Vorfall mit dem betrunkenen Mann an diesem Tage und die viel zu häufigen Schlägereien der letzten Zeit hatten dieses Mal jedoch dramatische Auswirkung für die Halbbrüder. Die Leitung der Erziehungseinrichtung zog die Notbremse und entschloss sich, Jens zu verlegen. Er wurde weggebracht in eine Einrichtung für schwer erziehbare Jugendliche, die in eine falsche Entwicklungsrichtung abzurutschen drohten. Eine Veränderung, die Wirkung zeigte. Mats fing wieder an zu schweigen.

Heute: Sean Burnett stieg von der bewusstseinsgetrübten Blondine, sprang grunzend aus dem Bett und betrachtete selbstverliebt sein Spiegelbild. Er rieb sich über den flachen Bauch und furzte genüsslich. Der rasierte Oberkörper glänzte perfekt proportioniert und von festen Muskeln gestählt. Die Kamera, die rot blinkend auf dem Sideboard visavis des Bettes stand, schaltete er ab und ließ die SD- Karte per Schiebeschalter aus dem Schacht springen. Im Walzerschritt glitt er „The great Pretender" summend auf den anthrazitfarbenen Hochglanzfliesen in den Arbeitsbereich und warf sie in die abschließbare Schublade seines Schreibtisches, nachdem er mit einem Permanentmarker „TIFF" darauf geschrieben hatte. Dorthin, wo die anderen lagen. SAB, MON, CLAU, SARA, TAM, LISA, JUT und viele mehr. Nachdem er einen Proteinriegel gefrühstückt hatte, ging er ins Bad, wusch sich die Frau ab, streifte seine Laufklamotten über und warf einen Blick zurück auf die erschlaffte Blondine in seinem Bett. Er hatte sie die ganze Nacht bearbeitet, Dinge mit ihr gemacht, die sie sicher nicht gewollt hätte ohne KO-Tropfen. Ein paar Mojitos und mehrere Koks-Lines hatten sie beide in dieser Bar höllisch heiß gemacht. Tiffany sei Ihr Name, hatte Sie gesagt und er hatte höflich genickt, obwohl er darauf schiss. Sie sah atemberaubend aus und er wollte diesen Körper haben. Ob sie seine brutalen Spielchen mitmachen wollte, hatte er sich gespart zu fragen, so wie immer. Ein Drink bei ihm hatte sie gestern Nacht wehrlos gemacht. Er schnürte seine Kayanos zu und verließ sein Loft, um die gewohnten morgendlichen 5 km im, nahe gelegenen, Wald zu laufen. Mit Anfang Dreißig hatte Sean Burnett es bereits geschafft. Natürlich sorgten zunächst die Beziehungen und Finanzspritzen seines Vaters, einem amerikanischen Geschäftsmann, für die besten Möglichkeiten, aber die Wirtschafts-Abschlüsse hatte er schließlich selbst gemacht. Sein Finanzberatungsbüro mit drei Angestellten lief mittlerweile prächtig und warf Hunderttausende ab, von denen nicht mal ein kleiner Teil aus seriösen Geschäften stammte. Seine Gewinne schöpfte er aus einer Art Wetten auf zukünftige Kurse an der Terminbörse ab und nutzte dabei auf illegale Weise Insider-Wissen aus seinem Netzwerk. Er gehörte zu der Gattung skrupelloser Finanzmanager, die die Welt in die Wirtschaftskrise getrieben hatten und es jederzeit wieder tun würden, solange man dabei nur verdienen konnte. Genauso skrupellos hielt er es mit den Frauen. Um seinen perversen Gelüsten nachzukommen, half er etwas nach und befreite sie von ihrem Gedächtnis, um sie zu benutzen, wie es sein sadistisches Hirn wollte. Im Normalfall jagte er die angeschlagenen, verunsicherten Frauen am Morgen zum Teufel und drohte ihnen mit der Veröffentlichung der Videomitschnitte auf einschlägigen Plattformen im Netz, falls sie nicht ihr dreckiges Maul halten würden. Natürlich wäre nur er in den Clips gepixelt und ihre Familien, Freunde und Kollegen würden sie gewiss erkennen, wenn man ihnen die Filmchen zuspielte. Bisher hielten sie alle den Mund und gingen noch nicht einmal zum Arzt. Dabei wog die persönliche Scham und die Angst vor dem Ruf als billige Schlampe, die schließlich freiwillig mitgegangen war zum Schäferstündchen in die Wohnung eines völlig Fremden, genauso schwer wie die kompromittierenden Videos. Tiffany würde er wahrscheinlich noch ein paar Stunden behalten. Sie war extraordinär scharf, wie er befand.

Die Bäume flogen an diesem kühlen Herbstmorgen in nebelschwangerer Luft rechts und links an ihm vorbei und mit den Koksresten in seinem Körper und Taylor Swifts „Shake it off" auf den Beat Buds, fühlte er sich leichtfüßig wie Eliud Kipchoge, dem überragenden Ausdauerläufer der Gegenwart. Sean liebte das Laufen und er verehrte Kipchoge.Heute sollte ein besonderer Tag werden. Der Verkauf der Dow-Jones-Put-Optionen würde nach dem neuerlichen Börsencrash fette Beute bringen. Das dabei tausende konservativer Anleger einen Großteil ihres Ersparten einbüßen würden, interessierte Sean nicht sonderlich. Diese Typen waren nur Opferlämmer. Schließlich musste irgendjemand zahlen, damit irgendjemand anderes abkassieren konnte. Der dumpfe Schlag in seine Magengrube nahm ihm den Atem und ließ ihn verblüfft stehen bleiben. „Shake it off, Shake it off" hämmerte es aus den Buds. Er sah an sich herab. Das teure Trikot füllte sich warm mit Blut aus dem Einschussloch in seinem Bauch. „Fuck! Verdammte Scheiße, was...?", fluchte er. Seine Beine erschlafften und er sank auf die Knie. „Shake it off" verzerrte sich zu einem verstörenden Tinitus.

Der Killer schraubte den Schalldämpfer vom Lauf seiner 9mm und steckte ihn in die Bauchtasche seines schwarzen Hoodies. Die Waffe schob er in das Holster darunter. Dann griff die schlanke Gestalt einen länglichen Gegenstand, den sie an den Baum gelehnt hatte, hinter dem sie sich bis zur Ankunft ihrer Zielperson verborgen hatte. Seans Mörder trat hervor und ging leise „Another one bites the dust" pfeifend auf sein Opfer zu. Das Projektil sorgte in Seans Eingeweiden dafür, dass er hilflos, aber nicht bewusstlos war. Wahrscheinlich hätte er den hinterhältigen Anschlag sogar mit einem künstlichen Ausgang und lebenslanger Medikamenteneinnahme überlebt, aber der Killer hatte andere Pläne für Sean. „Zahltag", flüsterte er und schwang den länglichen Gegenstand kraftvoll hoch in die rote Morgensonne. Sean Burnetts trüber Blick folgte. Er leistete zu späte Abbitte, indem er all die Frauen der Vergangenheit und heute Tiffany als wahrscheinliche Ursache für die Situation erkannte. Oder war ein Geschäftspartner so verarscht worden, dass er sich rächte. Die Überlegungen des jungen Geschäftsmannes endeten abrupt. Sein Mund wollte eine Frage formen, als der Aluminium-Baseballschläger hart in Sean Burnetts Schädeldecke einschlug, welche unter der kinetischen Energie knackend brach und sich todbringend in sein Gehirn eingrub.

Als Beck und Kortner den Tatort erreichten, hatten Sie zwanzig nervige Minuten im frühen Verkehr der Stadt hinter sich. Beck quälte sich einen Donut mit Kaffee während der Fahrt runter, während Kortner nur Kaffee und zwei Zigaretten frühstückte. "Kortner, Du solltest damit aufhören." raunzte Beck. „Leck mich", erwiderte dieser. „Was haben wir? "Einen Börsenyuppie mit Bauchschuss und eingeschlagenem Schädel. Sean Burnett. Der Typ ist in der Branche ein Held. Ein skrupelloses Arschloch, das Scheiße zu Geld macht. Sein alter Herr ist Jason Burnett, das Vorstandsmitglied der Frankfurter Capital Bank." Kortner stutzte. „Schusswunde und eingeschlagener Schädel"? „Yipp", schnalzte Beck. „Schon wieder mal".

Im Gegensatz zu seinem dekadenten Leben lag Sean Burnetts Leiche ziemlich erbärmlich am Rande des feucht-schmutzigen Waldweges. Über seinen Schädel schien ein Wagenrad gerollt zu sein, denn dieser war von der Stirn bis zur Fontanelle tief eingedrückt. Hirnmasse wurde verdrängt und suchte sich bizarr einen Weg ins Freie. Das kleine Loch in seinem Shirt wäre ohne den Blutfleck, der es umgab, kaum aufgefallen. Der Bauchschuss war nicht tödlich, soviel Erfahrung hatten Beck und Kortner allemal. Passend zu Ihren Überlegungen bestätigte der Satz „Der Bauchschuss sollte ihn nur außer Gefecht setzen. Der war harmlos. Der Killer hat dem Opfer mit einer Stange, einem Baseballschläger oder Ähnlichem seine Schädeldecke ins Gehirn gestanzt". Hinter den Kommissaren streifte Dr. Herbert Bock seine Latexhandschuhe ab und warf sie, auf links gedreht, in einen transportablen Müllbehälter für medizinische Bedarfe. „Er wollte, dass sein Opfer ganz genau mitbekommt, was passiert und dabei schön stillhält. So einen Schlag setzt du nicht mit solcher Präzision, wenn dein Opfer panisch rumzappelt"

„Böckchen! Auch schon da?" rief Kortner, auf einer qualmenden Kippe kauend. „Jaja, ich lach Sonntag. Keine Spuren, keine Zeugen, profillose Schuhe und vermutlich ein Standard 9mm-Projektil in seinen Eingeweiden." Bock zeigte, ohne hinzusehen mit einer lapidaren Handbewegung auf den toten Burnett. „Tod in den frühen Morgenstunden. Die ersten Spaziergänger haben ihn gefunden. Ich wette, es war der Kater-Killer."

Der Kater-Killer. So nannten sie intern den Serienmörder, der in den letzten 18 Monaten seinen Opfern, bisher alles Männer, immer zuerst Magenprobleme und anschließend heftige Kopfschmerzen bereitete. Und das mit der Schlagpräzision eines Profigolfers. Kater-Killer! Passte zudem zu den fehlenden Fußspuren. „Okay, haben wir seine Daten?" raunzte Kortner.

„Ja, er hat seinen Ausweis und sein Handy dabei".
„Was hat er gehört?", fragte Beck, der selber gerne
auf Musik joggte, vorzugsweise auf Florence and the
Machine. „Taylor Swift", murmelte Bock, der gerade
seinen Maleranzug abstreifte. „Ach du Scheiße", befand Kortner und schnipste eine Kippe ins Gebüsch.
„Gehen wir!"

14 Jahre zuvor: Der Tag.

„Sie müssen sich damit abfinden, Frau Berger,
dass Ihr Junge ADHS- Schübe hat", sagte Dr. Steinmann, ohne den Kopf zu heben. Nur seine Augen
blickten, unter der in Falten liegenden Stirn, über die
Ränder seiner rahmenlosen Brille. „Geben Sie ihn in
eine Förderschule für Lernbehinderte, zumindest
fürs erste", fuhr er fort. „Der Junge wird es in der
Schule nicht schaffen. Dazu hat er viel zu große Auf-
merksamkeitsdefizite. Von den Restless Legs mal
ganz abgesehen. Solche Kinder sind auch eine Zumutung für den Rest der Klasse und den Lehrkörper. Es
kann sogar Asperger oder eine andere Form von Au-
tismus sein. Dafür würden zwar die temporären
Symptome nicht sprechen, aber möglich ist alles. Eines ist relativ sicher, das Kind ist bipolar".Mein Junge
ist also eine Zumutung für andere, dachte Anita Berger und hasste diesen borniertenn Arztwichser für
seine unsensible Ansprache. „Wir sollten eine Medi-
kation in Betracht ziehen", legte Steinmann nach. „Es
gibt mittlerweile gute Mittel mit wenig Nebenwir-
kungen." Anitas Halsschlagader klopfte. „Vorher

reiße ich dir die Eier ab, bevor du meinem Kind Psychopillen verabreichst", dachte sie. „Ich denke darüber nach", sagte Anita mit brechender Stimme und erhob sich von dem einfachen Metallstuhl, der Steinmanns Chefsessel gegenüberstand. Steinmann blieb sitzen und rief ihr in einem herablassenden Tonfall hinterher, der sie zutiefst verletzte: „Tun Sie das, Anita, aber nicht zu lange. Sie tun Ihrem Jungen keinen Gefallen, wenn Sie ihn unbehandelt lassen. Das stehen Sie nicht durch." Anita wollte die Tür hinter sich zuschlagen. „Dieses blöde, arrogante Schwein", kochte sie innerlich und drückte beherrscht die Klinke so sanft von außen zu, dass nicht einmal der Schnapper zu hören war. „Spricht in der dritten Person über meinen Sohn, als hätte er keinen Namen. Und keine Persönlichkeit. Spricht mich beim Vornamen an, das Arschloch. Meint wohl, er kann sich alles erlauben, nur weil ich mich mal von ihm habe anflirten lassen und er die Abfuhr nicht ertragen hat mit seinem Über-Ego. Drecksau." Anita war außer sich und brach vor der Praxis in Tränen aus. Als sie Mats und Jens bei ihrer Freundin Steffi abholte, freuten sie sich, Mats wie gewohnt überschwänglich mit Luftsprüngen und kieksenden Lauten. „Hallo, meine kleine Maus", sprach sie ganz sanft zu ihm und hielt ihn im Arm, bis er sich beruhigt hatte. Sie nahm sein Gesicht zwischen ihre Handflächen, sah in seine glänzenden Augen und sagte zu ihm: „Du verstehst das noch nicht, mein Süßer, aber ich glaube ganz fest an Dich. Du bist kein Sonderling und ich werde Dich ohne Psychopillen groß kriegen". Der

Junge verstand alles ganz genau, was seine Mutter ihm damals mit verheulten Augen versprach. Genau wie die Dinge, die sie im Fernsehen erzählten. Er begriff die Spielregeln der Quizsendungen, er merkte sich Nachrichten und sah vorzugsweise SpongeBob und Simpsons, deren subtiler Erwachsenenhumor ihn köstlich amüsierte. Er konnte halt nicht lachen, wie ein Erwachsener, nur kieksen und zappeln. Und er war ja auch nur die Hälfte der Zeit so. Als Anita nach Hause kam, lag Kurt auf der Couch und sägte mit offenem Mund. Die Büchse Hansa war ihm aus der Hand geglitten und in der billigen Auslegware versickert. Sie hatten ihn vorgestern von der Baustelle gejagt, nachdem er eine Schulterladung Dachpfannen hatte fallen lassen, die fast den Polier erschlug. Kurt wachte sabbernd auf, als seine Frau und sein Stiefsohn in die 50 Quadratmeter Sozialbauwohnung zurückkehrten. „Verdammte Scheiße, was ist los?", grunzte er. Er raffte sich von der liegenden in die sitzende Position, kratzte seinen Sack und richtete sein Gemächt aus. Dann zog er lautstark und ekelerregend Schleim aus dem Rachen hoch und schluckte ihn runter. „Was ist mit dem bekloppten Rotzlöffel", wollte er wissen. Anita wollte Kurt nicht aufregen und flüsterte: „Alles in Ordnung, der Junge braucht nur Zeit." „Laber nicht so einen Scheiß, was hat der Arzt gesagt?", fuhr Kurt aus der Haut. „Sollen wir den Bengel weggeben? Der wird doch nie richtig im Kopf." Anita wollte kontern, aber sie wusste, dass argumentieren mit Kurt nur funktionierte, wenn er schrie und sie das Maul hielt. Also schwieg sie und senkte den Kopf. Mats spürte die Aggression in der Luft und fing an zu wimmern und zu zappeln. „Halt bloß die Klappe", bölkte Kurt. „Lass ihn, zischte Anita." Kurt schlug ihr die Faust mit dem Zippo darin ansatzlos mitten ins Gesicht. Blut spritzte auf den Wohnzimmertisch, als ihr Nasenbein mal wieder brach. Sie hatte gelernt, nicht zu schreien. Sie stöhnte und schluckte Blut. Tränen schossen in ihre Augen und nahmen ihr die Sicht. Wie in Gottes Namen konnte sie sich jemals auf Kurt einlassen. Geliebt hatte sie ihn eigentlich nie. Er war groß, breitschultrig und hatte ein loses Mundwerk. Das fand sie ganz anziehend und ehe sie sich versah, zog er bei ihr ein und ließ sich von ihr aushalten. Zuerst war er noch charmant, dann brüllte er immer öfter, soff, und wurde gewalttätig. Das ging jetzt schon einige Jahre, sie erzählte im Krankenhaus immer wieder von Ihrer ungeschickten Art und von ihrem Pech, wenn ihre Verletzungen behandelt werden mussten. Stürze waren ihre beste Standardausrede, um die mannigfaltigen Blessuren zu erklären, wenn Kurt sie mal wieder richtig in die Mangel genommen hatte. Kinder fasste er nicht an, dazu war er schlau genug. Er wollte die Aufmerksamkeit des Jugendamtes vermeiden. Obwohl ihm schon oft die Faust gejuckt hatte, den Quengel endlich zum Schweigen zu bringen. Kriegte es eben Anita.

Jens kauerte hinter dem Sofa, als die Nase seiner Mutter auslief, wie eine geplatzte Packung Kirschsaft. Nächsten Monat würde er 13 Jahre alt werden und wünschte sich nichts sehnlicher als ein behütetes Elternhaus. Er wollte doch nur eine normale Jugend. Mama hätte sie ihm gegeben, aber sein Stiefvater, der verhasste Tyrann ließ das einfach nicht zu. Jens war niemand, der die Initiative ergriff. Er war ruhig und introvertiert. Das ganze Gegenteil zu seinem Bruder. Stiefbruder. Beide hatten verschiedene Väter, die sich gleichermaßen nicht für sie interessierten, wie Jens zu wissen glaubte. Er hatte Angst um den fragilen Mats und sah zu ihm hinüber, wie er wimmerte und seine Pupillen von rechts nach links rasten. Gleich würde er wieder eine Art Anfall bekommen und krampfen. So wie ein Epileptiker reagiert, wenn seine Sinne durch unbegreifliche Reize überfordert werden. Wenn zum Beispiel seine Mutter gleich halbtot geprügelt würde. Es gelang Jens Mats Blick einzufangen und er versuchte ihn per Augenkontakt zu beruhigen. Kurt schnauzte sich währenddessen in Rage. Die Wut über seine eigene nutzlose Existenz brach aus ihm heraus und er projizierte das eins zu eins auf die unfähige Anita, die mit dem unnützen Autistenbengel nicht klarkam. Vor drei Wochen erst war Mats in einer ähnlichen Situation in einen Krampf gefallen, doch heute sollte alles anders kommen. Die Blicke der Brüder waren fest ineinander verkrallt, als Kurt der vorn über gebeugten Anita die Faust in den Bauch rammte. Sie hatte es nicht kommen sehen, um rechtzeitig ihre Muskeln anzuspannen. Ihr blieb die Luft weg und sie fiel hin. Jens fixierte Mats Augen, um ihm beruhigende Energie zu senden, die ihm die

Angst nehmen sollte. Dann sah er plötzlich die smaragdgrüne Iris in Mats Augen aufblitzen. Mats Angst entwich und wandelte sich in sichtbare Wut. Die Signale flossen jetzt andersherum. Der kleine Junge, der noch nicht sprechen konnte, sammelte gerade im Moment große Pakete von Wut, Hass und Gefühlskälte für seine unfertige Persönlichkeit ein. Er kommunizierte plötzlich nonverbal mit Jens. Und Jens verstand ganz deutlich, was Mats ihm da gerade mitteilte. Kurt riss Anitas Kopf an Ihren Haaren zurück und stand über ihr. Seine Mundwinkel waren weiß von Schaum. Er spuckte ihr ins Gesicht und schrie sie an: „Du elende Schlam..."

Der erste Schlag traf Kurt stumpf seitlich am Kopf. Das Wort erstickte ihm im Hals, als der Baseballschläger seine Ohrmuschel halb abriss und sein Innenohr unwiederbringlich vernichtete. Es wurde schwarz, sein Gleichgewicht versagte noch in der Sekunde. Taumelnd ging er auf die Knie und schaute noch einmal hoch, um zu verstehen, was gerade geschah. Mats Augen mit diesem teuflischen Flackern, die ihm unmissverständlich sagten, dass es jetzt endgültig vorbei war, war das Erste und Jens mit der Holzkeule das Zweite, was Kurt aus dem Nebeldunst seines dröhnenden Schädels sah. Dann detonierte der Baseballschläger krachend in seinem Kiefer und zerstörte das meiste, was zum Essen, Trinken und Sprechen notwendig war.

Gebeugt und mit schmerzverzerrtem Lächeln räumte Anita die Spuren des Nachmittags weg. Nachdem Kurt mit seiner zertrümmerten, blutblubbernden Fratze abgeholt wurde, sie die Fragen der Polizei wahrheitsgemäß beantwortet hatte, wusch sie sich und zog sich neue Kleider an. Die blutigen Sachen warf sie in den Wäschekorb, um sich morgen darum zu kümmern. Sie fror und schob es auf den Schock der Ereignisse. Die Polizeikommissare hatten sie gebeten, morgen mit Jens auf die Wache zu kommen, um den Sachverhalt genau zu Protokoll zu geben und die Anzeige gegen Kurt aufzunehmen. Oberkommissar Schmitz verschaffte sich einen Überblick, sichtete die Spuren und hatte keinen Zweifel an der Richtigkeit von Anitas Aussage. Jung-Kommissarin Wiesener schaute die ganze Zeit auf Jens, der ernst dem Gespräch folgte, hier und da nickte, aber selbst nicht sprach. So wie Kurt aussah, musste er mit einer enormen Wucht zugeschlagen haben. Einer Energie, die sich über lange Zeit aufgestaut hatte und zu blinder Wut formte. In einem, zwei kompromisslosen Hieben entspannte sie sich. Und nun war Jens entladen. Energetisch neutral. Atmete ruhig und wirkte wie nach einer Relaxmassage. „Brauchen sie wirklich keinen Arzt?", fragte Schmitz zum wiederholten Mal, da Anita übel aussah. „Nein, nein, halb so wild, die Nase ist nur angeknackst", log Anita, die dem neben ihr sitzenden Mats den Nacken kraulte. Das letzte, was sie jetzt noch brauchte, waren dumme Fragen in der Notaufnahme. Sie hatte schon schlimmeres eingesteckt. Als Schmitz und Wiesener die

Wohnung verließen, beugte sich Tamara Wiesener kurz zu Jens vor und hauchte tonlos, so dass er es nur von ihren Lippen ablas. „Das hast Du gut gemacht". Die hübsche junge Frau kniff ihm noch ein Auge, sagte laut: „Auf Wiedersehen" und zog dann die Wohnungstür hinter sich ins Schloss. Anita machte den Jungs den Fernseher an und schaltete auf die Nachmittagsfolge der Simpsons. Erschöpfung überkam sie. „Mama ist etwas müde", sagte sie. „Ich lege mich ein Stündchen hin und danach mache ich uns Abendbrot. Hab Dich lieb." Mats schaute ihr nach und sprach sein erstes verständliches Wort, das sie im Gehen nicht mehr hörte. „Lieb". Sein Zeigefinger rieb einen kleinen Blutstropfen, der aus Kurts Gesicht auf seinen Ärmel gespritzt war. Dann wurde er wieder Jens und wandte sich der Mattscheibe zu.

Anita legte sich ins Bett, schlief ein und starb am Abend an ihrer rupturierten Leber. Schleichend blutete sie in ihren Bauchraum, ihr Kreislauf fuhr runter und setzte irgendwann aus. Anita hatte für Kurt und nicht für sich den Notruf gewählt, ihn gerettet, sich geopfert und schickte ihn zum Abschluss ihrer unglücklichen Ehe wegen schwerer Körperverletzung mit Todesfolge für mehrere Jahre in den Knast. Als Tamara Wiesener am nächsten Tag von Anitas Tod erfuhr, verließ sie das Büro, ging in den Waschraum, übergab sich und fiel in einen Weinkrampf, den sie 2 Tage nicht mehr kontrollieren konnte. Der Nervenzusammenbruch kam aus dem Nichts und machte ihr klar, dass sie im operativen Dienst der Exekutive nichts verloren hatte. Der völlig sinnlose Tod der Mutter eines Sohnes, der fortan im Heim aufwachsen musste, zeigte der empathischen jungen Polizistin, dass sie nie damit klarkommen würde, solche zum Himmel schreiende Ungerechtigkeit auf Dauer hinzunehmen, ohne irgendwann selbst in willkürliche Polizeigewalt zu verfallen. Tamara ließ sich versetzen in eine Abteilung, in der es darum ging, misshandelten Frauen zu helfen. Sie in nächtlichen Aktionen von ihren gewaltbereiten Männern zu befreien und wegzubringen. Sei es über Frauenhäuser anderer Städte, Bundesländer oder sogar im nahen Ausland gelegen. Später quittierte sie den Dienst und fing in einer Organisation an, die direkt misshandelten Frauen und Opfern von Gewaltverbrechen Hilfe und seelische Stütze anbot. Anita und insbesondere Jens Berger konnte sie nicht vergessen. Was der knapp 13-jährige getan hat, um seine Mutter zu schützen, beeindruckte sie zutiefst. Der Anblick des tiefenentspannten Teenagers nach seiner Tat ließ sie nicht mehr los. Sie empfand eine wachsende Zuneigung und hatte ja keine Ahnung, das eigentlich Mats es war, der ihn steuerte. Seine zweite Persönlichkeit.

Heute: Jens pfiff „Show must go on", als er mit einem Handtuch um die Hüften frisch geduscht aus dem Bad zurückkam. Er war vor einigen Minuten vom Training zurückgekehrt, hatte seine Tasche unter den Schrank geschoben, seine Boxschuhe gereinigt und wieder in den Schuhschrank gestellt, „Ohh, Queen", hauchte Tamara, die sich, mit einem schnell übergeworfenem Shirt, noch im Bett reckte. „Bist Du nicht zu jung dafür? Die waren sogar vor meiner Jugend". „Ich habe Freddy viel zu verdanken. Seine Songs sind unsterblich und zeitlos. Er hilft mir in jeder erdenklichen Lebenssituation" Jens huschte wieder zu Tamara in die Federn und zog sie in seinen Arm. „Verstehe", erwiderte Tamara und sah gedankenverloren an die Decke. „Hey, was ist mit Dir, Schatz? Er drückte sanft ihr Kinn zu sich, so dass er ihr in die Augen schauen konnte. Er wusste ganz genau, warum sie in diesen Momenten traurig wurde. Die Vergewaltigung war kurz vor ihrem Beziehungsbeginn geschehen. Sie hatte ihm zuliebe ihr Schweigen das erste und einzige Mal gebrochen. Nur ihm reinen Wein ein-geschenkt. Sie wollte ehrlich sein und hatte sich weinend überwunden, ihm zu erklären, was es mit ihrer Scheu gegen körperliche Berührung auf sich hatte. Es hatte ihm das Herz zerrissen, als er hörte, wie sie diesem Blender aus der Bar auf den Leim ging und was er mit ihrem Körper und ihrer Seele gemacht hatte. Sie war die Speicherkarte „TAM" in Burnetts Schublade. Es hatte ewig gedauert, bis Jens sie wieder glücklich gemacht hatte. Meistens jedenfalls, es gab immer wieder diese Momente, in der sie die Vergangenheit einholte. Es war auch Zorn gegen sich selbst. Zorn, dass sie nicht zur Polizei gegangen war, bis es zu spät war und die Wunden ihres Körpers verheilt waren. Sie als starke Frau, als Sozialpädagogin, die genau solche Frauen betreute und ihnen immer riet, Anzeige zu erstatten, hatte geschwiegen. Diese Frau war selbst zu beschämt, zu verletzt, zu verunsichert, zu verängstigt, um sich den Ermittlungsmühlen auszusetzen. Sie wollte nicht gynäkologisch untersucht werden, einen Tag nachdem man sie geschändet hatte. Dabei wusste sie genau, dass sie anderen Frauen dieses Schicksal eventuell hätte ersparen können. Tamara Wiesener hatte Jens nicht mehr aus den Augen gelassen seit dem furchtbaren Mord an seiner Mutter. Die ganze Zeit im städtischen Jugendheim bis zu seiner Verlegung in die privat geführte Einrichtung für Schwererziehbare. Eine großzügige Stiftung finanzierte die Anlage und beschäftigte dort hochqualifizierte Psychologen und Pädagogen, die eine ungewöhnlich hohe Resozialisierungsquote vorweisen konnten. Das mussten sie auch, denn die Finanziers waren eine Gemeinschaft erfolgreicher Menschen, die es im Leben zu Geld gebracht haben, obwohl sie aus Heimen kamen, die wesentlich weniger ambitioniert waren und therapeutisch eher auf Hiebe statt auf Liebe setzten. Sie hatten Jens so gut aufgebaut, dass er blieb, bis er eine Elektriker-Ausbildung abgeschlossen hatte und Mats in Vergessenheit geriet. Als Jens die Einrichtung verließ, um ins eigene Leben zu starten, war Tamara für ihn da und half ihm, einen Job zu finden, indem sie ihm eine Adresse gab. Einige Zeit hatte er als Untermieter sein privates Zimmer in ihrer Wohnung. Bis sie immer vertrauter und letztlich ein Paar wurden, dauerte es nicht lange. Sie konnten sich über alles unterhalten. Tamara berichtete, was sie eigentlich nicht durfte, über die Frauen, die sie betreute. Sehr vorsich-

tig, sie wollte auf gar keinen Fall alte Wunden aufrei-
ßen und Jens an Kurt und seine ermordete Mutter erinnern. Jens konnte gut zuhören und es tat Tamara so
gut ihren Seelenballast loszuwerden, dass sie damit
nicht mehr aufhören konnte. Sie war viel zu nah am
Wasser gebaut für die Traumabewältigungsarbeit,
die sie leistete. Und Jens schaffte es tatsächlich beein-
druckend gut überhaupt keine Emotionalität aufgrund seiner Vergangenheit in die Gespräche einzu-
bringen. Im Gegenteil. Nach einiger Zeit wartete er
schon mit wippenden Beinen und glänzenden Augen, bis sie von der Arbeit kam und er ihr die Last
von den Schultern nehmen konnte. All die armen
Frauen, die von ihren Männern geschlagen und ge-
quält wurden, er kannte sie alle mit Namen, so viele
Details verriet ihm Tamara. Er sprach rational und
objektiv und gab Tamara wichtige Resonanz für ihren belastenden Job. Tamara lud alles bei ihm ab und
Jens nahm sich der Dinge in keiner Weise an. Das
brauchte er auch nicht. Das erledigte Mats jetzt schon
seit 18 Monaten. Tamara hatte ihn nie kennengelernt,
aber ohne es zu wissen, holte sie Mats Berger mit jedem Frauenschicksal mehr und mehr aus Jens Unterbewusstsein zurück. Regelmäßig packte er seine
Sporttasche mit seinen Boxschuhen und weiteren
„Utensilien". Er zog seinen schwarzen Hoodie an,
gab Tamara einen Kuss und ging angeblich zum
Sport, um sich abzureagieren.

Melanie: Im gleichen Moment erwachte die völlig verwirrte Tiffany im Loft an ihren reißenden Unterleibsschmerzen und an dem wilden Klopfen an der Wohnungstür des Lofts. Es dauerte einige Augenblicke, bis sie auf den Beinen war. Was war los? Wo bin ich? Wer klopft? Die Verwirrung wich einer Panikattacke. Ihr Fluchtinstinkt erwachte, als ihr klar wurde, dass sie in die Wohnung und in die Hände eines sadistischen Vergewaltigers geraten war. Hätte sie doch gestern Abend ihre Schwester angerufen und sich abholen lassen, so wie diese sie gebeten hatte. Aber Tiffany war abenteuerlustig und die permanente Sorge ihrer älteren Schwester, die nach dem Tod ihrer Eltern eine Art Mutterrolle einzunehmen schien, schnürten ihr den Atem ab. Sie war jung und stand auf Party und unkomplizierte One Night Stands. Sie wollte ihr Leben genießen. Tiffany, die eigentlich Melanie hieß, hüllte sich in eins der blutbesudelten Laken des Bettes und torkelte hektisch in Richtung Tür, an der es erneut klopfte. Egal welcher Fremde da klopfte. Er war ihr Ausweg. Das Schwein, wo war es? Sie sah sich im Laufen um, ihr Kopf wanderte von rechts nach links. Das Adrenalin stand ihr bis zur Kehle. Hinter der Eingangstür klopfte draußen ein Mensch, der ihr helfen würde, dem Schwein zu entkommen. Ein Paketbote, ein Vertreter, die Zeugen Jehovas…egal. Eine neutrale Person, die sie retten würde. Ihr war schwindelig und die Schmerzen ihres Körpers ließen sie nur langsam vorankommen. Sie glaubte plötzlich eine Bewegung hinter sich zu erfassen und schrie auf. Ihre Sinne spielten Melanie einen Streich. Klopf. Klopf. Sie fiel auf die Knie und weinte. Die Eingangstür entfernte sich, wie in einem Hitchcock-Schocker. Melanie raffte sich auf, lief halb, kroch halb weiter. Sie wollte nicht schreien, vielleicht war das Schwein ja nur im Bad. Deko fiel um. Als sie endlich die Eingangstür erreichte, hatte sie das Laken verloren. Sie achtete es nicht und drehte den Knauf. In wenigen Sekunden wäre sie gerettet. Die Tür war nur zugeschnappt, nicht abgeschlossen. Sean wollte ja auch längst wieder da sein und sich weiter mit Tiffanys Körper vergnügen. Sie riss die Tür auf und fiel dem breitschultrigen Mann mit dem schiefen vernarbten Mund direkt in die Arme.

Tamara: „Wie war Dein Sport?", hauchte Tamara, die wieder bei sich war und sich an Jens drückte. Jens lächelte. Seine Augen, die zur Decke sahen, flimmerten fast unmerklich hin und her. „Perfekt," antwortete er. „Alten Ballast abgeworfen" „Wie meinst Du das?", fragte sie.

Melanie: In einem schnellen Griff hatte der Kerl Melanie mit einer Hand im Genick gepackt und drückte ihr die andere Hand vor den Mund. Er schob sie vor sich her, ihre weit aufgerissenen Augen starrten ihn an. Sein entstelltes Gesicht und das eine Ohr, das nur noch ein Rest war, erschien ihr wie die schlimmste Horrorfratze aus den Albträumen ihrer Kindheit. In Windeseile war sie wieder dort, von wo sie eine halbe Ewigkeit bis zur Tür gebraucht hatte.

Im Schlafzimmer vor dem Bett. Eine brachiale Ohrfeige ließ sie durch die Luft fliegen und rücklings auf dem Bett landen. Die Blitze, die sie sah, waren noch nicht verschwunden, da wurde es dunkel und stickig. Kurt drückte ihr mit aller Kraft ein Kissen auf das Gesicht.

Tamara: Jens blieb die Antwort schuldig. Stattdessen zog er Tamara sanft an sich heran und küsste sie. Sie ließ es geschehen und gab sich ihm in Zärtlichkeit hin. Viel zu lange hatte sie befürchtet, dass sie nie wieder dazu fähig sein würde.

Melanie: Sie strampelte um ihr Leben. Kurt war nach seiner Haftstrafe, die er für Anitas fahrlässige Tötung kassiert hatte, nur mit einem einzigen Gedanken entlassen worden. Fast 13 Jahre dachte er nur an eines, wenn er in den Spiegel sah. Wie er sich möglichst grausam an der kleinen, miesen Kreatur rächen konnte, die ihm diese Fratze verpasst hatte. Als „Joker" hatte er nicht viel zu lachen im Knast. Einer vieler Spitznahmen, die man ihm gab, wenn sie ihn brüllend zusammen-schlugen. „Monsterfresse verreck, Du feiger Frauenmörder". Als er sich eines Tages aus einer Zahnbürste eine Stichwaffe geformt hatte und diese fünfmal in den Eingeweiden eines Angreifers versenkte, änderte sich die Situation. Neben weiteren 5 Jahren bekam er endlich auch Respekt. Endlich war der Tag gekommen, an dem sein perfider Plan zur Tat wurde. Und es fühlte sich so gut an. Beck und Kortner erreichten Sean Burnetts Loft, um dieses nach Spuren zu untersuchen, die auf seinen gewaltsamen Tod hinwiesen. „Die Tür steht doch offen" sagte der Mitarbeiter des Schlüsseldienstes, der sie begleitet hatte, um ihnen Zutritt zu ermöglichen. Beck und Kortner sahen sich an. „Weg", zischte Kortner und schob den Schlosser beiseite. Beide Kommissare hatten schnell ihre Dienstwaffen in der Hand und bewegten sich voller Konzentration durch die Tür in das Innere des Lofts.

Stille! Beide Polizisten spielten das geübte Programm durch, das im Training ohne Adrenalin auskam. Die Räumlichkeiten systematisch zu durchsuchen bei maximaler Eigensicherung. Kortner und Beck waren eingespielt und schon mehrere Jahre ein Team. Keine privaten Freunde, aber zuverlässige Kollegen. Das Loft war naturgemäß ein großer, offener Fabrik-Raum, den Luxus- Architekten zu Wohnraum umgebaut hatten. Nur Schlafzimmer und Bad waren durch neu gesetzte Wände abgeteilt. Sie standen also nach dem Durchqueren der Eingangstür sofort in einem 200 Quadratmeter großen offenen Wohn- und Essbereich, in dem auch die Küche gleich hypermodern integriert war. Nichts! Kortner sicherte ab und Beck sprang ins Bad. Nichts! Dann nahmen sie sich das Schlafzimmer vor. Diesmal ging Kortner rein, übernahm die linke Seite. Beck eine Millisekunde später die Pistole nach rechts gerichtet. Nichts! Nichts, außer der Beule unter der Bettdecke! Beide Kommissare zielten mit der einen Hand auf die regungslose Beule und sahen sich kurz an. Dann zogen die Decke mit der anderen Hand vom Fußende zu sich. Die Decke, die sanft über Melanies Konturen glitt, gab ihren bläulichen Körper frei. Beck steckte die Waffe weg und sprang vor, um nach ihrem Puls zu fühlen. Er drehte sich zu Kortner um und schüttelte den Kopf. Dann hielt er plötzlich nochmal inne. „Ich glaub, Sie lebt noch. Ganz flacher Puls". Kortner hatte längst das Handy am Ohr und 112 gewählt. Acht Minuten später war der Notarzt da und intubierte Melanie noch vor Ort, um ihr junges Leben zu retten.

Beck und Kortner brauchten einige Minuten. Sie waren zwar hartgesottene Cops, aber keine Roboter. Der Anblick der komatösen jungen Frau nahm sie mit. Die Spurensicherung war längst da und hatte ihre Arbeit aufgenommen, als die beiden den Tatort verließen.

„Sebastian, ich hab die Schnauze voll". Es war das erste Mal, dass Benno Kortner, der natürlich gerade rauchte, Sebastian Beck eine echte emotionale Mitteilung machte. Es läutete Kortners Ende bei der Mordkommission ein. Beck würde sich alsbald an einen neuen Partner gewöhnen müssen.

Tamara: Voller Energie fragte Jens: „Was machen wir heute noch mit dem wunderschönen Tag? Ich habe gute Laune wie lange nicht und bin voller Tatendrang" „Na, da hast Du aber richtig Dampf abgelassen beim Training, dass Du so gut drauf bist", lachte Tamara. „Aber Du weißt doch, heute ist Sonntag. Und was ist am Sonntag?" Sie sprang aus dem Bett und zog ihm neckisch die Decke weg. In diesem Moment klingelte ihr Handy. Unbekannter Anrufer.

Beck: Als Sebastian Beck eine Stunde später wusste, dass Melanie Wiesener hirntot war, musste er die selbstzerfleischende Aufgabe übernehmen, ihren Notfallkontakt anzurufen. Ihre große Schwester.

Tamara: „Schwestern-Abeeend" antwortete Jens! Tamara lachte unbeschwert. Dann nahm sie das Telefonat an.

Tamara Wieseners letzte bewusste Handlung, bevor sie den Verstand verlor, war die Entscheidung, die lebenserhaltenden Maschinen ihrer kleinen Schwester abzuschalten.

An dem Tag starb auch Jens Berger. Mats Berger allerdings nicht! Er wurde gerade endgültig wiedergeboren und brauchte nicht mehr mit Jens Gewissen um den einzigen Körper ringen, den sie hatten. Mats Berger brauchte nur eines von Jens. Seine Keule. Nun konnte er seine ersehnte Karriere fortsetzen und brauchte sich nicht mehr nur auf gewalttätige Arschlöcher zu beschränken, wie Jens es wollte. Die Karriere eines noch nie da gewesenen Psycho-Killers!

3 Monate später:

Kurt war längst wieder in alte Muster abgerutscht. Selbstzufriedenes Saufen füllte seinen Tag. Er hatte Jens, den Drecksbengel gebrochen und pulverisiert. Der Plan, Jens, Tamara und Melanie erst einmal zu beobachten sollte sich als genial erweisen. Schwächen erkennen, wunde Punkte freilegen. Jens abgöttische Liebe zu Tamara. Tamaras abgöttische Liebe zu ihrer kleinen Schwester Melanie. Melanie, das Party-Girl mit ihren ganzen One Night Stands. Lange Zeit hatte er sich diszipliniert, um zu erkennen, dass die emotionale Vernichtung von Tamara durch die Tötung ihrer kleinen Schwester, die größtmögliche Strafe war, die Kurt über Jens vollstrecken konnte. Und dann kam der Abend, als er Melanie mal wieder beschattete und sie mit Burnett in seinem Loft verschwand. Bis zum nächsten Morgen hatte Kurt gewartet und gesehen, dass Burnett zum Joggen ging und Melanie allein im Loft zurückblieb. Genug Zeit, sie ganz genüsslich ins Koma zu würgen. Der Plan war mehr als voll aufgegangen. Er hatte Melanie für tot gehalten. Dass ihr Körper allerdings noch einen Funken Leben in sich trug, während ihr Gehirn durch den Sauerstoffmangel irreparabel geschädigt war, setzte seinem Plan die Krone auf. Tamara musste mit ihrer Entscheidung, die Herz-Lungen-Maschine abzuschalten den Rest von Melanie selbst töten, um sie zu erlösen. Das Unfassbare, das Unbegreifliche brachte sie um den Verstand. Jetzt saß Tamara in der Psychiatrie und Jens war in der Hölle, zumindest war er vom Erdboden verschluckt. Wahrscheinlich hatte er sich ertränkt oder einen anderen Freitod gewählt, der das Auffinden seiner Leiche schwer machte. Kurt war sich sicher, dass das Muttersöhnchen sich umgebracht hatte und er nie wieder von der miesen kleinen Kreatur hören würde. Und für den unvollendeten Mord an Melanie würde er auch nicht büßen. Den schrieb man natürlich Burnett zu. Der Gedanke daran geilte Kurt seit seiner skrupellosen Tat rund um die Uhr auf, auch auf dem Heimweg von seiner Kneipe nach Hause.Plopp!„Was war das? Komisches Geräusch", dachte Kurt, als sein rechtes Knie anfing zu zittern. Die Leber sendet keine Schmerzen aus, dennoch hat ein 9mm Projektil in ihr durchaus Wirkung. Das rechte Bein verlor sein Gefühl und Kurt knickte ein. Jetzt erkannte er auch, dass er warm aus der Seite blutete. Er sah sich überrascht um und entdeckte die Gestalt im schwarzen Hoodie, die in der Gasse rechts von ihm an der Hauswand lehnte. „Jens, was zum Teufel…ich dachte du wärst...tot", waren Kurts letzte Worte. „Ist er auch!" antwortete die Gestalt. Mats Berger trat „Death on two legs"-pfeifend aus dem Schatten der Gebäude und wuchtete mit dem gewaltigen Hieb eines Baseballschläger Kurts Leben aus dem Jetzt, bevor er verschwand.

Für eine sehr, sehr kurze Zeit!

Position

(für Martina)

Er hatte es erst spät aus dem Büro geschafft. Zuerst musste er diesen Dilettanten Lehmann zur Sau machen. Aufgrund der fortgeschrittenen Uhrzeit kam Max erst zum Joggen, als es schon dämmerte. "Lehmann, der Idiot" murmelte er grimmig vor sich hin, während er sich die Schuhe zuschnürte. "Versaut mir meinen ganzen Tag". Max erhob sich vom Treppenabsatz und rief ein weiteres Mal harsch nach oben: "Andi! Leon! Kommt ihr jetzt mit oder nicht. Wir sollen doch mal was zusammen machen" Seine beiden 18- und 16-jährigen Söhne dachten nicht daran, sich für eine sportliche Betätigung aus ihren Höhlen zu bequemen. "Nöö, danke" klang es im Chor durch die geschlossenen Zimmertüren. "Blöde, faule Nerds", befand Max und trat vor die Wohnungstür. Dass er kein guter Vater gewesen ist, war ihm bewusst. Er startete auf seiner Garmin die Aktivität "Laufen" und wartete auf Satelliten-Empfang. Dabei nutzte er die Zeit, um die Musikbibliothek seines Handys zu aktivieren und seine Lieblings-Playlist zu starten. Die Smartwatch signalisierte "Bereit", Max trabte los und drückte auf Start. Pfrrr. Der Ton eines einschlagenden Flitzebogenpfeils auf seinen In-Ear-Kopfhörern unterbrach kurz die Musik und signalisierte eine eingehende WhatsApp. Max verdrehte genervt die Augen und blieb stehen. Er kramte das Handy aus der

Bauchtasche und drückte nach dem Entsperren auf das grüne Telefonsymbol mit der kleinen roten 1.

Kein Name. Nur eine unbekannte Nummer. Darunter der Satz: "GLEICH WIRST DU BEZAHLEN!"Er sah sich kurz auf der menschenleeren Straße nah seines Hauses um und dann wieder auf das Display. "Tsss.. Armleuchter", dachte er und hielt es für einen misslungenen Streich eines unzufriedenen Geschäftspartners. Sein Job war es nicht, Freunde zu finden und seine Nummer hatten viele. Nach dem neuerlichen Start seiner Trackinguhr lief Max erneut los. Von der Nieper Straße bog er rechts in den Hülskenssweg ab, der ungefähr auf der Hälfte seiner Länge vom Roten Weg gekreuzt wurde. Ab hier wurde es ländlich. Die alte baumbesäumte Gleistrecke quer durch die Felder war ortsübergreifend zum Fernwanderweg umgebaut worden und reichte in diesem Abschnitt vom ehemaligen Kapellener Bahnhof bis zum Hülser Bahnhof. Bis nachmittags war hier viel los, aber um die Zeit waren die meisten Radler und Spaziergänger längst zu Hause. Max entschloss sich links Richtung Hüls zu laufen, da sich dort langsam die Sonne senkte.Pfrr."Sie mögen mich gefälligst alle am Arsche lecken", platzte es cholerisch aus ihm raus. Da niemand da war, konnte sich auch niemand darüber echauffieren. Eine halbe Minute hielt Max es aus, nicht nachzusehen, nachdem er aus dem Augenwinkel auf seiner Smartwatch in der Displayvorschau sah, dass die gleiche unbekannte Nummer wie vorhin ihm etwas mitteilen wollte. Die Schrittfrequenz verlangsamte sich, als er begann, sein Handy herauszufischen. Im langsamen Laufschritt öffnete er die WhatsApp.

"ES IST SOWEIT! ICH KOMME DICH JETZT HOLEN!"

https://maps.app.goo.gl/8esBBZG3yiP7rTMt449

Der Link war blau hinterlegt und mit einem Unterstrich versehen. Max hatte etwa die Hälfte des Roten Weges gelaufen, bevor dieser noch einmal von der Krefelder Straße unterbrochen wurde und danach im Wald mündete. Er blieb stehen und drückte auf den Link. Google Maps öffnete sich, ein Kartenausschnitt baute sich langsam auf. Es war exakt der Quadratkilometer, in dem Max sich momentan aufhielt. Dann tauchte er auf. Der kleine pulsierende blaue Punkt. Etwa 300 Meter hinter ihm.

Max starrte auf den blauen Punkt, den Google bei einer Echtzeitstandortverfolgung als Darstellung des georteten Handys anzeigte. Im Normalfall ein Service, der besorgten Angehörigen ermöglichte zu verfolgen, wo ihre Liebsten gerade sind. Hier sah die Sache allerdings anders aus. Jemand, der Max ans Leder wollte, zeigte ihm, wo er sich gerade befand. Und dass dieser Jemand Max ans Leder wollte, spürte er instinktiv an der Hitzewelle, die ihn durchfuhr, als der Punkt sich langsam in Bewegung setzte. Auf dem

Roten Weg genau auf ihn zu. Der Reflex, sich umzudrehen fiel einer aufkommenden Panik zum Opfer, die Max zwang, auf Fluchtmodus umzuschalten. Er fing an zu laufen, weg von dem Punkt. Seine Hand krampfte sich um sein Handy, damit er es bloß nicht verlor. Ein kontrollierter Blick auf das Display war kaum zu koordinieren, während er lief. Deshalb verlangsamte Max nach etwa 100 Metern. Die Anzeige war so, wenn auch ziemlich wackelig, halbwegs zu erfassen. Sein Verfolger war wieder stehen geblieben und Max lief auf Höhe des Landhauses Sellner langsam aus. Einen erholsamen Augenblick verharrte er und stützte dabei die Hände in die Hüfte. Dann drehte er sich um. Pfrrr.Er riss das Handy vors Gesicht und öffnete die Nachricht. Eine zweite, unbekannte Nummer oben, darunter der Text:

DIE JAGD BEGINNT... JETZT."

Ein Schweißtropfen fand seinen Weg von seiner Stirn auf das Display, das er anstarrte. Der Daumen seiner rechten Hand, der die Arbeit auf dem hinterleuchteten Touchpad gewöhnlicherweise routiniert leistete, zitterte als er über die Rückauswahl wieder in den Google Maps Live-Track wechselte. Der Punkt stand und pulsierte. Max schaute hoch und sah sich den Roten Weg, in der Richtung aus der er gekommen war, genau an. Nichts. Dann schaute er wieder auf sein Telefon. Der blaue Punkt setzte sich in Bewegung. Und zwar zügig. Die Nackenhaare schnellten hoch. Max riskierte einen weiteren Blick auf den Roten Weg, bevor er wieder die Flucht nach vorne ergriff. Die kurze Idee sich ins Landhaus zu retten, konnte er gleich wieder verwerfen. Corona hatte die Präsenzgastronomie momentan zum Schließen gezwungen. Die Parallelstraße, die einige hundert Meter weiter rechts verlief, bot auch wenig Hoffnung, da sie durch ein holpriges Feld von ihm getrennt war. Zudem war dort auch nicht viel los. Ein Auto, das längst weg wäre, bevor er die Straße erreichen würde. Er hatte keine Optionen, außer zu laufen. "OK, klaren Kopf behalten, Max", dachte er und sprach es auch aus. Wer kann der Typ sein, der ihm hier drohte. Hatte der Oberlutscher Lehmann ihn nach der Arbeit verfolgt, um sich für den völlig überzogenen Anschiss zu revanchieren? Ja das konnte sein. "Jetzt zeig ich dem fetten Trottel mal, wofür ich jahrelang hier rumrenne", dachte Max trotzig.Er legte einen Sprint ein, bis er die Krefelder Straße einen halben Kilometer später erreichte. Der Blick auf sein Handy ließ ihm keuchend den Atem stocken. Sein Verfolger hatte deutlich aufgeholt. Er war auch wieder stehen geblieben und nun kaum mehr als 150 Meter hinter Max.

Max hatte jetzt drei Möglichkeiten. Weiter geradeaus auf dem Roten Weg und damit in den nah gelegenen Wald zu laufen oder auf der Krefelder Straße nach rechts oder links auszuweichen. Sein Handy zeigte ihm die statische Position seines Verfolgers in Form eines pulsierenden, blauen Punktes etwa 150

Meter hinter ihm. Dort, wo sich Max noch zweieinhalb Minuten zuvor aufhielt, vor seinem Zwischensprint. Er wagte einen Blick über die Schulter, während ihm fragend durch den Kopf ging, wie in Gottes Namen sein Verfolger so schnell aufholen konnte. Ein Fahrzeug hatte Max nicht gehört. Da der rotgeschotterte Weg auf den letzten Metern eine sanfte Kurve gemacht hatte, war ihm die nötige Weitsicht genommenen. "Fuck", presste Max durch die verkniffenen Lippen. Dann schrie er in den Roten Weg hinein: "Was willst du von mir?" Stille!Pfrrr. Die nächste WhatsApp ging ein. Eine Tonaufnahme, die wieder von der zweiten, unbekannten Nummer stammte. Hinter ihm schoss ein PKW mit erhöhter Geschwindigkeit über die Krefelder Straße an ihm vorbei. Er riss den Kopf herum, sah kurz dem Wagen nach und ärgerte sich, dass er die Chance auf Hilfe verpasst hatte. Er startete das Audio-File aus der WhatsApp. Ein bekannter Song startete direkt mit dem Refrain. "Somebody got murdered " von The Clash dröhnte durch seine Kopfhörer. Und sein Verfolger setzte sich wieder in Bewegung. Fast wäre Max auf die Straße gestolpert, nachdem er sich spät entschieden hatte am Rand der Straße links abzubiegen. Atemlos erreichte er hinter der kleinen Brücke über die Kuhlen den Kirchwehmsdyk, in den er nochmal links einbog. Die Attacke von der linken Seite hatte Max nicht kommen sehen. Der Knall und der Krach bescherte ihm fast einen Herzinfarkt. Adrenalin schoss durch seinen Körper und ließ ihn zur Seite springen. Die Dogge, die knapp neben ihm von der anderen Seite an einen hohen, geschlossen Metallzaun gesprungen war, kleffte ihn zähnefletschend an. Max taumelte zur Seite. Der Blick auf sein Handy ließ ihm fast das Blut in den Adern gefrieren. Sein Verfolger schnitt ihm jetzt den Weg ab, indem er die letzten beiden Richtungswechsel einfach abkürzte. "Verdammt, da ist doch gar kein direkter Weg." Er musste über die Privatgrundstücke kommen. Er musste knapp hinter der Dogge sein. Max Kehle schnürte sich zu. Sein Überlebensinstinkt ließ ihn wieder in die Balance kommen und weiterlaufen. Das Handydisplay mit der offenen Maps Anwendung zeigte ihm unmissverständlich, dass sein Verfolger ihn gleich eingeholt hatte, Der blaue pulsierende Punkt war jetzt an der gleichen Stelle wie Max selbst. Es würde gleich etwas passieren, befürchtete Max. Ein Schuss würde fallen oder ein Knüppel würde ihn treffen. In Erwartung seiner Niederstreckung stieg seine Panik ins Unermessliche. Im diffusen Abendlicht entdeckte er einen Passanten, der im Knick des Kirchwehmsdyk auf der Bank vor dem kleinen Tümpel saß. Knapp 50 Meter bis er auf Hilfe hoffen konnte. Schreien tat er schon jetzt danach. Im wilden Rennen schlug seine Hand an seine Hüfte und das Handy flog im hohen Bogen in die Böschung. Er erreichte den Fremden auf der Bank und erkannte erst, dass der Mann eine Sturmmaske trug, als dieser im letzten

Moment den Kopf mit der Baseballcap anhob. Zu Tode schockiert wich Max zurück, taumelte, stolperte und fiel hin. Schmerzhaft schlug er auf dem Rücken auf. Der Maskierte stand sofort über ihm.

"ICH HAB DICH. "

Max riss die Augen auf. Dann erkannte er es! Der schwarze Fleck mit dem roten Blinklicht stand sirrend über dem Maskierten und senkte sich vertikal auf Max herab. Er traute seinen Augen nicht, als Andi die Sturmmaske vom Kopf zog und zu ihm sagte: Wir sollten doch mal was zusammen machen! "Aus dem Schutz eines Baumes trat Leon mit der VR-Brille einen Schritt hervor und landete sanft die Kamera-Drohne, an der mit Panzertape Handy Nr. 1 befestigt war. Direkt neben dem völlig fertigen Max schalteten sich die Rotoren ab. Andi schwenkte Handy Nr. 2 vor seiner Nase und wies dann damit auf den Wagen eines Freundes, mit dem sie Max verfolgt und an der Krefelder Straße sogar passiert hatten. Dann richtete er sich auf, sagte leise "GAME OVER" und ging. Andi und Leon ließen ihren verhassten Vater weinend liegen. In der von ihnen geplanten Endposition.

Schichtwechsel

Schaltzentrale. 4 Uhr 30.

Der Vorarbeiter blickte gedankenverloren durch das schmale Fenster in den dichten Nebel des aufkommenden Frühlings. Aus der Dunkelheit tauchten in der Ferne die Scheinwerfer des Mannschaftwagens der Ablösung auf.

"Moinsen", "Monning", "Glück auf".

Das neue Team polterte mit übertrieben guter Laune durch die Tür des Leitstands.

" Hmm", "Tachchen", "Iss ja gut".

Die Diensthabenden wirkten müde und hatten hinter den Monitoren der Prozessleitsysteme nur ein kurzes Kopfnicken für die Ablösung übrig. Widerwillig loggte sich das Team langsam aus den Systemen aus und ließ die frischen Kollegen ran, während sich die beiden Vorarbeiter zum Übergabegespräch in den kleinen Nebenraum zurückzogen.

"Gut geschlafen?" fragte Nachtschicht grimmig.

" Bestens! Danke der Nachfrage. Wie war die Schicht?"

"Hmm, hartes Stück Arbeit. Ist ein komplexes Ding hier. Es sah lange Zeit gut für uns aus, aber am Ende haben wir es leider nicht hingekriegt. FUCK!"

"Tut mir leid, wenn ich grinsen muss, sorry, dann versuchen wir mal unser Glück", feixte Tagschicht.

"Pfeife. Stell dir das mal nicht so einfach vor. Wir sind in der Infrastruktur ziemlich weit vorangekommen. Die Energien haben wir fast abgewürgt. Alles nur noch auf Sparflamme."

"Wie lang seid ihr schon zugange mit dem Runterfahren? Was machen deine Kinder? "

"10 Tage. Den jetzigen Status hatten wir recht schnell, da gibt's aber noch irgendeine Energiequelle, die wir nicht abgestellt kriegen". Nachtschicht trank seinen Kaffee aus und knallte die leere Tasse missgelaunt auf den Tisch. "Geht dich en feuchten Teddy an", lautete die Antwort auf Frage zwei und signalisierte Tagschicht sehr deutlich, Privatfragen zu unterlassen.

"Schon gut", ruderte Tagschicht zurück. "Falsches Team vielleicht?"

"Falsches Team. Falsches Team. Erzähl doch nicht son Scheiß. Ich will Dir mal was sagen. Ich arbeite seit Jahren mit meinen Jungs zusammen. Die sind gut. Wenn ihr Wichser uns nicht ständig kontrakarieren würdet und uns mal endlich in Ruhe arbeiten lassen könntet, dann wäre unsere Quote bei 100 Prozent. Nachtschicht war jetzt wirklich pissig.

" Ach so läuft der Hase! " Tagschicht konterte nicht minder energisch." Wir sind also schuld an eurer Unfähigkeit. Ich lach mich tot. Da müsst ihr euch schon an die eigene Nase fassen. Ständig müssen wir antreten, um mit sanften Händen das mühsam wieder aufzubauen, was ihr mit euren Bratärschen eingerissen habt. Penner."

"Na dann versucht mal Euer Glück, ihr Superstars. Ihr werdet noch an uns denken!" Nachtschicht packte seinen Kram zusammen, während im Leitstand bereits das Team der Tagschicht begann, die Systeme wieder hochzufahren.

Der Vorarbeiter der Nachtschicht warf noch einen anerkennenden Blick in die Runde des Tagschichtteams." Glück, Zuversicht und Freude", zählte er auf und sagte leise in den Raum " Gutes Team!"

Er drehte sich noch einmal zu seinem Kollegen um und nickte. "Viel Erfolg mit dem Mist hier!" Dann wandte er sich ab und ging Richtung Ausgang.

"Danke Dir.", rief der Chef der Tagschicht ihm nach.

„Hey"

"Was gibt's noch?"

"Schönen Feierabend Angst."

"Danke Hoffnung, ruhige Schicht. Wir bleiben in Bereitschaft und lösen Euch schon bald wieder ab."

Er grinste siegessicher, schloss die Tür des Leitstands hinter sich und verließ mit seinen Teamkollegen Dunkel, Trostlos und Traurig den Patienten.

Hoffnung ging zu seiner Mannschaft und murmelte: "Nicht, wenn wir es verhindern können." Er schaute sein Team an. "Auf geht's, Jungs und Mädels. An die Arbeit! Wir haben hier jemanden, der unsere Hilfe braucht.

Supporter

(für Christoph)

„Upps". Er zog das Puddingteilchen wieder aus seinem Mund, bevor er davon abgebissen hatte und schaltete den eingehenden Anruf auf sein Headset durch.

"Linus Event-Management...Nils Kroninger vom Support-Team! "

"Matthea Stern am Apparat, schönen guten Morgen"

"Was darf ich für Sie tun, Matthea?"

Die Ansprache mit einem respektvollen "Sie" und dennoch beim Vornamen, war eine der angenehmen Umgangsformen, die das Unternehmen pflegte und empfahl. Es sollte für eine freundliche Vertrautheit in der Firmenfamilie sorgen. Und "it works", erzählte Matthea gern, da sie diese wohltuende Harmonie im Arbeitsumfeld wirklich sehr mochte. Ihr Job war stressig genug, alles drehte sich um stringente Zeitplanung, die nicht den kleinsten Fehler verzieh.

"Hallo Nils, Sie sind meine letzte Hoffnung", offenbarte Matthea dem Supporter, dessen Stimme so beruhigend klang, als könne sie weltgefährdende Konflikte problemlos wegmoderieren.

"Okay Matthea, keine Panik. Wir zwei schaffen das. Erläutern Sie mir Ihr Problem"

Matthea mochte das sonore Timbre seiner Stimme auf Anhieb und fast unmerklich schlich sich ein hauchzartes Prickeln in ihre Magenwand.

" Mein Email - Programm lässt mich im Stich heute Morgen. Ständig meldet der Mail-Router unbekannte Adressaten zurück". Matthea ahmte ein Schluchzen nach und endete mit einem nicht sehr professionellen "och Menno". Nils musste lachen.

Zu 90 Prozent hatte es der IT-Fachmann mit DAU's und Super-DAU's zu tun, die sich einfach ihre 12-stelligen Passwörter nicht merken konnten, obwohl sie bei der quartalsmäßigen Wechselpflicht doch nur die Endziffern fortlaufend änderten. Die Namen ihres Partners, Kindes, Hundes und ein Sonderzeichen behielten sie erfahrungsgemäß bei und untergruben die Sicherheitsschwelle für den fremden Zugriff auf ihre Anwendungen, wie ein DÜMMSTER ANZUNEHMENDER USER es nun einmal tut.Nils herzliches Lachen steckte Matthea an, als sie selbst über ihr infantiles "och Menno" stolperte.Beide mussten sich zügeln nicht in einen Kicherkrampf zu verfallen. "Tschuldigung", prustete Matthea und wischte sich eine Lach-Träne aus dem Augenwinkel. Die Antennen, die man für ein reizvolles, elektrisierendes Gespräch mit einem Menschen des anderen Geschlechts benötigte, funkten bei Nils und Matthea voll und ganz auf der gleichen Frequenz. "Sagen Sie mit bitte Ihren Account und Ihre User-ID, Matthea. Sind Sie schon länger dabei?" Mit dem Nachsatz lehnte sich Nils ein Stück weit hinaus, da er spürte, dass die Chemie zwischen den beiden mehr als stimmte und er ihre Stimme nicht minder anziehend fand." matthea.stern@linus.de" antwortete sie und dachte längst darüber nach, wie sie den Flirt mit Nils möglichst geistreich fortsetzen konnte. Auf ihrem Monitor machte sich der Mauspfeil selbstständig.

"Ähh, Nils, sind Sie schon drin?". "

Na, der Spruch war natürlich nicht besonders geistreich", dachte sie noch im gleichen Moment. " Ich habe Ihnen doch noch gar nicht meine User-ID genannt."

"Tja, ich habe mal messerscharf kombiniert, Matthea. LISTM. LI für Linus und STM für ihren wunderschönen Namen Stern, Matthea", erwiderte Nils schlagfertig.

"6 Monate!"

" Wie meinen?"

"Na 6 Monate bin ich in der Firma", wiederholte Matthea.

"Ich weiß". Nils wurde etwas unbetonter.

"Wieso? Woher?, stotterte sie.

" Matthea, beruhigen Sie sich. Ich administriere Ihre IT Anwendungen und mit Ihrer User-ID sehe ich natürlich auch, wie alt Sie sind. Also... Ihre Kennung. Darf ich Sie fragen, wie alt Sie im richtigen Leben sind? "Ihr Monitor war während ihrer Plauderei mehrfach zwischen BIOS, Windows und Lotus Notes umgesprungen. Nils arbeitete so schnell, dass Matthea der Problembehebung nicht folgen konnte.Sie gab es auf, dem Geschehen auf ihrem Computer zu folgen und konzentrierte sich auf ihre anregende Unterhaltung.

"Normalerweise fragt man das ja eine Dame nicht, aber da Sie mich nicht sehen können, lasse ich die Frage gelten. Ich bin 27. Und Sie?"

Spätestens jetzt war Nils sich sicher, dass der Fisch angebissen hatte.

"Sicher?", sagte Nils und legte einen geheimnisvollen Unterton in seine Frage. Matthea entglitten die Gesichtszüge und reflexartig drückte sie ihren Handballen auf die Frontkamera ihres Monitors.

Nils lachte laut auf, da er um ihre Reaktion wusste. "Keine Sorge, das war nur ein Scherz." "Aber im Ernst Matthea, wir verlassen die Basis unseres beruflichen Verhältnisses", kommentierte er die Situation, so dass sie seine Ironie spüren konnte. "Sie werden mich doch nicht verraten, wir Supporter sind aufgefordert, stets sachlich zu bleiben. Das gehört zu unserer Funktionsstellenbeschreibung. Ich bin 30.

Matthea schmunzelte in sich hinein während ihre Errötung langsam abklang. Nils traf mit seiner Rhetorik und seinem Humor genau ihren Nerv und machte sie extrem neugierig. Sie wagte einen Schritt, der für sie ungewöhnlich mutig war. "Wollen wir vielleicht zusammen mal etwas trinken gehen?". Sie glaubte selbst nicht, dass sie ihm diese platte Frage soeben gestellt hatte.

Ihr Lotus Notes baute sich auf ihrem Screen neu auf und Nils teilte ihr mit " Fertig, Ihre Emails kommen wieder an."

Matthea wurde aus der Schmetterlingswelt gerissen und schämte sich für ihren plumpen Vorstoß, als Nils nach einer, für sie endlos erscheinenden, Pause nachschob:" Sehr gerne, Matthea, ich würde mich freuen. Auf Wiedersehen".

Er hatte das Telefonat beendet. Ping. Die Ankunft einer neuen Email wurde akustisch angezeigt und in der Betreffzeile ließ sich lesen:

Nils Kroninger, Terminvorschlag zur Nachbetrachtung unseres Gespräches! -)

Matthea lief ein wohliger Schauer der Aufregung über den Rücken, als sie die Mail öffnete. Im Zentrum ihres Bildschirms pulsierte ein schwarzes Herz, in dessen Mitte ein Counter rückwärts lief. 5...4...3...2... Matthea schob den Mauszeiger auf das blinkende Herz und doppelklickte. Das Herz zersprang und verwandelte sich in das Datum des kommenden Samstags zuzüglich der Uhrzeit 20 Uhr unterhalb eines Logos des Café Extrablatt. Der Schriftzug verwischte und verschwand in der Transparenz. Lotus sprang zurück in Mattheas Posteingangsansicht, die Mail von Nils war verschwunden. Matthea schloss das Email - Programm und öffnete das Firmenintranet. Im Suchfeld gab sie den Beginn des Wortes Organigramm ein und klickte es an, sobald es in den Ergebnisvorschlägen auftauchte. Im Orga-Plan tippte sie "Nils Kroninger" in die Suchzeile und drückte die Enter-Taste.

Als die Rückmeldung "Kein Eintrag zu Ihrem Suchauftrag" erschien, verschluckte sie sich fast an ihrem Kaffee, an dem sie zwischendurch nippte. Zügig wählte sie die noch einmal Hotline des Supports.

"Nils Kroninger, wie kann ich Ihnen helfen?"

"Ach, sorry, hier ist nochmal Matthea. Ich wollte... also ich...", stammelte sie unbeholfen. "

Wir sehen uns Samstag, Matthea", erwiderte Nils souverän. Matthea legte auf, ließ die Stirn auf ihren

Schreibtisch fallen und verdrehte stöhnend die Augen, verärgert über ihre eigene fehlende Schlagfertigkeit.

Adrian alias Nils grinste und biss endlich in sein Gebäck, während er die gehackte Rufnummernumleitung löschte und die Anrufe der Linus - Mitarbeiter wieder auf die echte Support - Abteilung schaltete. Dafür nahm er sich Zeit. So viel Zeit, um Mattheas geistesgegenwärtigen Rückruf auch noch abzufangen. Adrian war mit allen Wassern gewaschen, so schnell ließ er sich nicht überrumpeln. Der Profi-Hacker war seinem Ziel soeben ein großes Stück nähergekommen. Adrian hatte Matthea um den Finger gewickelt, während er den selbst eingeschleusten Fehler in ihrem Lotus Notes wieder behob. Es war ein leichtes, ihr heute Morgen den ersten Trojaner per Mail unterzujubeln. Kaum ankerte das verborgene Spionageprogramm auf ihrer Festplatte, brauchte Matthea nur noch die kleine herzige Liebesbotschaft anzuklicken, um dem Eindringling einen permanenten Zugang mit Administrativberechtigung freizuschalten. Über Mattheas Laufwerk verfügte er jetzt über freien Eintritt auf die Server der Eventagentur Linus. Allein der Abgriff des Karten-Kontingentes für das nächste Adele-Konzert hätte bei Ticketpreisen von 300 € einen hohen sechsstelligen Wert. Und das war nur eine Künstlerin. Adrian konnte einen Volltreffer im Ziel versenken. Er hatte die freie Auswahl an der Losbude und konnte entwe-

der 1x richtig abzocken oder aber auch ein schlei-
chendes Leck installieren. Immer wieder bei ver-
schiedenen Events Kleinstkontingente von Tickets
absaugen und schwarz verkaufen, würde einige Zeit
nicht auffallen. Mit ein paar geschickten Finten
konnte er sich wahrscheinlich mehrere Wochen, vielleicht sogar Monate wie die Made im Speck auf den
Linus-Servern tummeln. Der Zugang war gelegt, mit
dem Anzapfen konnte er es jetzt ruhig angehen lassen.

Zwei Tage später:

Adrian stellte sein Macbook auf den Küchentisch
und griff sich einen Müsliriegel und einen Energy-
Drink aus dem Kühlschrank. Mit den Zähnen befreite
er den Riegel vom Papier, sank auf den Küchenstuhl
und klappte den Laptop auf. Er dachte an die warme
Stimme Mattheas und ärgerte sich darüber, während
er bei Linus nachsah, welche interessanten Eventti-
ckets zeitnah in den Verkauf gingen. Seit heute lief
der Vorverkauf für U2`s World Tour, morgen startete
der Ticketverkauf für Coldplay und Adele. Adrian
schnalzte mit der Zunge.

Keine Gefühle im Job, war eine seiner Hauptre-
geln. Die Zapfstellen waren stets neutral und emoti-
onslos zu behandeln. Alles andere brachte nichts als
Probleme. Wieso zum Teufel musste Adrian immer
wieder an das Gespräch mit Matthea denken und
fühlte sich gut bei dem Gedanken. Sein Bauchgefühl

rang mit seinem Verstand. Normalerweise endete der Samstagabend für Matthea mit einem Korb und Nils würde niemals im Cafe Extrablatt auftauchen. Sie wäre enttäuscht, sauer und meldete sich nie wieder bei ihm. Ehrlicherweise war der Samstagabend aber so verlockend für Adrian wie Honig für einen hungrigen Bären. Warum sollte er nicht einfach als Nils zu ihrem Rendezvous erscheinen und schauen was passiert. Matthea könnte keinen Verdacht schöpfen, es gab keine Hinweise auf die Falle, in die sie getappt war. Den fehlenden Eintrag im Orga-Plan oder andere Zweifel ihrerseits konnte er mit einfachen Lügen eloquent begründen. Adrian war schwer angetriggert von Matthea und der Samstagabend war keine 24 Stunden entfernt. Zudem reizte ihn der unwiderstehlich erhabene Gedanke, die Linus-Server zum ersten Mal anzuzapfen, während er mit Matthea beim romantischen Dinner saß.

Matthea lag im Bett und starrte an die Decke. Sie dachte über ihren Job und die Nils-Situation nach. Ihr letztes Date war ewig her und ging gründlich schief. Die Erfahrung riet ihr seitdem von Blind Dates ab, denn wenn die Chemie nicht stimmte, musstest du den Liebesanwärter ja auch noch unbeschadet wieder loswerden. Das diplomatisch zu lösen, gestaltete sich meist schwierig. Das sah dieses Mal anders aus. Obwohl sie Nils noch nie gesehen hatte, wusste sie sehr genau, was sie von ihm wollte. Wenn er morgen zu ihrem Rendezvous auftauchte, dann würde Matthea ihn nach allen Regeln der Kunst ficken. Im Bezug Gut gegen Böse, versteht sich. Die Weichen waren gestellt und sie hatte den Mann ihrer beruflichen Begierde endlich am Haken. Ihre Hand wanderte neben sich zum Nachttisch und griff nach dem kleinen Lederetui. Sie öffnete es und sah sich stolz ihre Dienstmarke an. Wie sehr sie den Job in der Abteilung gegen Internetkriminalität liebte. Das Etui klappte zu und das Licht erlosch.6 Monate Vorbereitung, bis Adrian den schmackhaften Linus-Köder geschluckt hatte, dessen offensichtliche systemische Schwachstelle Matthea Stern aus dem Eventmanagement sein musste. Gutaussehende Single-Frau Ende 20, relativ neu in der Firma und höchst interessant für jeden Hacker, der auf der Suche nach einem verheißungsvollen Layer 8 – Portal die Profile auf Xing, Parship und Instagram durchforstete. Und morgen könnte ein Zugriff möglich sein, wenn Adrian die subtile Implementierung des kleinen unsichtbaren Barkeepers zuließ, der den Auftrag hatte, in seinem Hypothalamus fortwährend kleine Dopamin-Cocktails auszuschenken. Die Einschleusung eines Gefühlstrojaners in Adrians limbisches System war der Plan. Oberkommissarin Matthea Seifert alias Fake-Eventmanagerin Matthea Stern mit den traumhaft einladenden Profilen auf Berufsplattformen und in den Social Medias schlief trotzdem nicht richtig gut über den Gedanken in dieser Nacht.Ihr spukte unaufhörlich Adrians bzw. Nils Stimme durch den Kopf. Am Samstag um 20 Uhr saß sie bei einem Glas stillen Wasser im Cafe Extrablatt und beobachtete die Eingangstür. Die Kollegen der Abteilung befanden sich gut getarnt im und um das

Lokal verteilt. Die Fang- und Rückverfolgungspro-
gramme auf den Linus-Servern waren aktiv und die
Handschellen bereit, den Abend mit einer Verhaf-
tung zu beenden. In Matthea wuchs im Stillen die
merkwürdige Hoffnung, dass ihr Date-Partner heute
Abend nicht erscheinen würde.Um 20:06 Uhr öffnete
sich die Tür und ein großer, gutaussehender Mann
um die 30 betrat das Cafe. Mattheas Anspannung
stieg exponentiell, als der dunkelhaarige Traumtyp
zielsicher auf sie zukam und vor ihrem Tisch inne
hielt.„Matthea?", fragte er mit einer unwiderstehlich
dunklen Farbe in seiner Stimme und lächelte sie charmant an. Matthea stockte der Atem, während der
Herzschlag an ihrer Kehle anklopfte. Wenn man eine
erste Begegnung mit den interpretationsfreien Sätzen
„Es hat sofort gefunkt!" oder „Es hat Zoom gemacht!" beschreiben wollte, so war das hier der Fall.
„Vielleicht, kommt ganz darauf an, Adrian!", erwiderte sie mit glänzenden Augen und wünschte sich
und ihren Kavalier weit weg an einen anderen Ort.
Der junge Mann verharrte und begriff, als Matthea
den Vornamen nannte, den sie eigentlich nicht kennen konnte. Er setzte sich ruhig zu ihr und sagte
sanft: "Vielleicht ein anderes Mal " Sie sahen sich tief
in die Augen und Matthea suchte fieberhaft einen
Ausweg aus dem Unvermeidlichen. Bevor sie ihn
fand, standen ihre Kollegen am Tisch. Dann doppel-
klickten die Handschellen.„Ihre Personalien, bitte!",
riss Matthea sich mit leicht angegriffener Stimme zusammen. „Patrick Heinemann, wohnhaft Quellweg
18, hier in der Innenstadt, von Beruf Schauspieler",

antwortete er mit einer plötzlich viel höheren Stimme.

„Ihr Supporter hat mich geschickt, ich soll Ihnen etwas ausrichten"

Matthea entglitten die Gesichtszüge „Wie bitte?! Was?!"

„Das sagte ich gerade bereits: Vielleicht ein anderes Mal, Matthea"!

Zeitgleich überschlugen sich die Ereignisse auf den zusammenbrechenden Linus-Servern. Vor Matthea lief ein Flashback ab von der Situation, als Nils Kroninger sich in ihrem BIOS tummelte und sie den Überblick verlor, während sie flirteten. In dem Moment muss er den Chaos-Troll platziert haben. Von den Servern verschwanden in diesem Moment unauffindbar die kompletten Ticketkontingente für alle Deutschlandkonzerte von Coldplay und Adele im Wert von 1,5 Millionen Euro und wurden 1 zu 1 von zukünftigen Konzertterminen der Beatles und Elvis Presley ersetzt

Wir hatten es fast geschafft

"Wie meinst du das, Opa?"

Lena saß im Bett und drückte Bruno, ihren zauseligen Schmusebären, fest vor die Brust. "Na ja, es war jetzt nicht so schlimm, wie in einem Krieg, aber dein Papa durfte zum Beispiel seine Großeltern lange Zeit nicht besuchen" Bernd hockte auf der Bettkante. Er blickte im sanften Nachttischlampenschein auf seine siebenjährige Enkelin und blinzelte eine aufkommende Träne weg. "Und in die Schule durfte er und die anderen Kinder auch nicht!" "Oh wie toll. Wie beim hitzefrei",, schoss es aus Lena heraus. "Ja, aber das war gar nicht so toll, Lena-Maus. Stell dir einmal vor, du darfst dich nicht mit deinen Freundinnen zum Spielen treffen... noch nicht einmal zum Geburtstag feiern."

"Waaas?"

Lena stemmte mit großen Augen die Fäuste in die Hüfte. "Ja, genau so empört waren wir dann auch nach über einem Jahr. Die Geschäfte mussten schließen, man konnte nicht essen gehen, nicht in den Urlaub, nicht in den Zoo oder ins Kino. Man durfte sich nicht mit vielen Freunden treffen und wo überall musste man eine Maske tragen, damit dieses Virus sich nicht ausbreitet."

" Und wenn niiiicht? ", trotzte die kleine Lena." Ohh, das konnte teuer werden, da musste man richtig Strafe zahlen. Aber irgendwann wollten die Menschen das nicht mehr. Sie merkten, dass sie ohneeinander traurig wurden. Und viele verloren auch ihre Arbeit. Sie wurden ungeduldig und manche haben das dann nicht mehr eingesehen." Und haben die Menschen das dann einfach trotzdem gemacht?" Lena griff nach Bruno, der ihr weggekullert war. "Ja, leider, aber das erzähle ich dir dann morgen, mein Schatz. Zeit zum Schlafen. " Manno Opa, ich bin aber noch gar nicht müde " gähnte Lena und merkte selbst, dass sie doch ziemlich groggy war." Aber bitte nicht die Tür zu machen, Opa ".

" Na klar, wie immer. Und Oma ist ja auch noch da und passt die ganze Zeit auf dich auf." Bernd küsste Lena sanft auf die Stirn und deckte sie zu. "Nacht, Opa" Als er still das Zimmer verließ und die Tür anlehnte, hörte er Lena noch leise vor sich hin flüstern " Gute Nacht, Oma Lena. Schade, daß Du schon im Himmel bist wegen diesem blöden Corona. Ich hab dich lieb. "Bernd schluckte gegen den Kloß an, der seinen Hals zuschnürte.

Wonder Woman Deluxe

(für Peggy)

Es war schon wieder Abend. Zeit für ihr Tagebuch. Ein Ritual, dass ihr Sicherheit gab. Bevor Klara den heutigen Tag beschrieb, lächelte sie noch einmal verschmitzt über den gestrigen Eintrag in ihr geliebtes Tagebuch.

" Das Treffen mit Johannes war wunderschön. Ein wirklich interessanter Mann. Er lässt mich unbeschwert lachen. Es kommt mir vor, als würde ich ihn schon ewig kennen. Ich mag seine warmen Hände, wenn sie zur Begrüßung die meinen umschließen und mir das Gefühl von Geborgenheit geben. Der Blick in seine dunkelbraunen Augen fühlt sich an, wie nach Hause zu kommen in mein gewohntes Umfeld. In meine Räume, in denen ich sicher bin. Auf meine Couch mit Tee und Wolldecke. Wir haben uns für morgen wieder verabredet. An gleicher Stelle im Park. Ich bin aufgeregt deswegen und mein Bauch kribbelt, wenn ich daran denke. Hoffentlich kann ich schlafen, denn ich möchte hübsch aussehen für Johannes."

Klaras Herz zersprang fast vor Glück und sie seufzte gedankenverloren, als die Geschehnisse aus ihrem Tagebuch vor ihrem inneren Auge noch einmal abliefen, wie ein romantischer Film, in dem sie die weibliche Hauptrolle spielte.

Als Julia nach ein paar Minuten der Abwesenheit nach Hause kam und leise die Tür zu Klaras Zimmer öffnete, war das, was sie vorfand, dasselbe wie gestern. Ihre demente Mutter war auf der Couch eingeschlafen. Sie lächelte zufrieden und ihr geliebtes Tagebuch lag auf ihrem Bauch. Julia zog es sanft aus den Händen der alten Frau und setzte sich hin, um mit viel Liebe den Eintrag für heute zu schreiben. Denn auch morgen würde sie wieder ein paar Minuten brauchen, um mit dem Rad zum Friedhof zu fahren und Johannes Grab zu gießen. Das Grab ihres Vaters.

Zu kurze Beine zum Wandern

Lange hatte ich mich auf den Tag gefreut. Die Herbstwanderung, die ich für uns ausgearbeitet hatte, sollte durchs Bergische Land führen. Die traumhafte Region rechts des Rheines verdankt seinen Namen nicht etwa seinen Bergen, obwohl es die durchaus dort gibt, sondern vielmehr den Bergs, deren ehemaliges Herzogtum sich territorial über diesen Landstrich um Wupper und Agger erstreckte. Ich hatte gestern schon alles bereitgelegt, was ich brauchen würde für die Tageswanderung. Ich nippte an meinem Kaffee, mein Blick lag auf dem gepackten Rucksack und ich dachte „Irgendwas hast Du bestimmt vergessen". Dieses Gefühl, dass einen im Supermarkt beschleicht, wenn man für die paar Sachen mal wieder keinen Zettel gemacht hatte und sich sofort aufklärte, wenn man gerade wieder zu Hause angekommen war. Das Gefühl war da, aber ich kam nicht darauf. Meine Frau Judith verzichtete erwartungsgemäß freiwillig auf die Teilnahme, da sie zum einen Märsche über größere Distanzen für übertrieben hielt und zum anderen uns Jungs auch unsere gemeinsame Zeit gern gönnte. Dass mein Freund Benno nicht wirklich mitkommen würde, brauchte Judith nicht zu wissen. Benno war etwas tumb, aber eine treue Seele. Er wusste von einer anderen Frau, hatte ein gewisses Verständnis und mehr brauchte er auch nicht zu wissen. Mein Lügengerüst stand wie eine Festung. „Hast Du alles?", fragte Judith, die gerade bester Laune den obersten Knopf ihrer Bluse zu schließen versuchte, nachdem sie soeben geduscht und sich für den Tag angekleidet hatte. „Ersatzsocken? Regenjacke? Proviant? Geld? Ausweis? Handy? „Jaja, alles drin", antwortete ich und begrüßte sie mit einem Kuss auf die Stirn, da sie den Blick noch auf ihren Knopf gesenkt hatte. Die Spitze ihres schwarzen BH´s verschwand hinter dem geschlossenen Knopf. „Schick siehst du aus". Sie war dezent geschminkt und hatte ihr dunkelbraunes Haar zu einem Zopf gebunden. „Du weißt doch, dass ich nachher noch einen Geschäftstermin habe", antwortete sie. „Ich treffe mich vorher noch mit Klara im Cafe del Sol". „Ah, okay. Grüße sie und drück ihr einen Kuss auf von mir", lächelte ich etwas verkniffen. Dass ich das in knapp einer Stunde selbst tun würde, konnte Judith natürlich nicht wissen. Aber dass sie meine Affäre als Alibi nutzte, entlarvte sie zu meiner Überraschung ganz abrupt als Lügnerin.

„Viel Spaß", rief sie mir noch aus dem Auto zu, fuhr rückwärts aus der Einfahrt und setzte sich Richtung Innenstadt in Bewegung. Ich warf meinen Rucksack in den Kofferraum, sprang in meinen Wagen und folgte ihr in einem Abstand, der ausreichte, dass sie mich im Rückspiegel nicht entdeckte. Während der Fahrt rief ich Klara an und teilte ihr meine Verspätung mit. „Du, ich komme etwas später zum Treffpunkt, ich muss noch kurz was erledigen". „Kein Problem, ich warte auf Dich" hauchte Klara zärtlich. „Was hast Du eigentlich deinem Mann erzählt?", fragte ich, während ich die Fahrspur wechselte. „Ich brauchte gar keine Ausrede, er ist heute früh zum Auswärtsspiel losgefahren". Natürlich fuhr Judith nicht zum Cafe del Sol, sondern zum City-Hotel, wo sie für ihren „Geschäftstermin" ein Zimmer gebucht hatte. Sie parkte in der Tiefgarage und konnte von dort direkt in die Lobby gelangen, wo ihr Termin lässig an einem vertäfelten Pfeiler lehnte. Der kräftige Kerl lachte sie an. Ich konnte es, da er mir den Rücken zuwandte, an Judiths Reaktion erkennen. Dieses verschämte Lächeln mit den glänzenden Augen war mir fast in Vergessenheit geraten.

Ich huschte im Schatten der Hotelgäste auf die gegenüberliegende Seite des Pfeilers und gelangte so in Hörweite meiner Gattin und ihres Liebhabers. „Was hast du deiner Frau und dem Trottel erzählt? fragte Judith, nachdem sie ihn mit einem Kuss begrüßt hatte. „Ihr habe ich gesagt, dass ich zum Auswärtsspiel fahre". Und dem Schwachkopf?", hakte sie nach. Er glaubt, dass ich mir gestern den Knöchel verstaucht habe", log Benno sie an und lächelte smart.

In diesem Moment fiel mir ein, was ich vergessen hatte. Dass ich ein mieser Idiot bin!